NEKO CAFÉ

Anna Sólyom
Neko Café

Você não precisa de sete vidas
para ser feliz: uma só basta!

TRADUÇÃO
Mardie Esther Villegas

TÍTULO ORIGINAL Neko Café: No necesitas siete vidas, puedes ser feliz en esta

© 2019 Anna Sólyom
Esta edição foi publicada por intermédio
de Sandra Bruna Agencia Literaria, SL.
Todos os direitos reservados.
© 2024 VR Editora S.A.

DIREÇÃO EDITORIAL Tamires von Atzingen
ASSISTÊNCIA EDITORIAL Michelle Oshiro
PREPARAÇÃO Bárbara Waida
REVISÃO Michelle Oshiro
DESIGN DE CAPA E DIAGRAMAÇÃO Guilherme Francini
ARTE Pamella Destefi
PRODUÇÃO GRÁFICA Alexandre Magno

Dados Internacionais de Catalogação na Publicação (CIP)
(Câmara Brasileira do Livro, SP, Brasil)

Sólyom, Anna
Neko café: você não precisa de sete vidas para ser feliz: uma
só basta! / Anna Sólyom; tradução Mardie Esther Villegas. –
Cotia, SP: VR Editora, 2024.
Título original: Neko Café: no necesitas siete vidas, puedes
ser feliz en esta.
ISBN 978-85-507-0538-5

1. Romance espanhol I. Título.

24-214618 CDD-B869.3

Índices para catálogo sistemático:
1. Romances: Literatura espanhola 863
Eliane de Freitas Leite – Bibliotecária – CRB 8/8415

Todos os direitos desta edição reservados à:
VR EDITORA S.A.
Via das Magnólias, 327 – Sala 01
06713-270 | Jardim Colibri
Cotia | SP
Tel.: (11) 4702-9148
vreditoras.com.br | editoras@vreditoras.com.br

Para os seres felinos.
Obrigada por existirem.

*Convivi com vários mestres Zen —
e todos eles eram gatos.*

— Eckhart Tolle

CAPÍTULO UM

Serenata noturna

NOS PAÍSES ÁRABES E NA TURQUIA, os gatos têm seis vidas. Nove onde se fala a língua de Shakespeare. Por que um gato precisa de tantas vidas? Um velho provérbio inglês explica assim:

Nas primeiras três brinca.
Nas três seguintes, vagueia pelas ruas.
E nas últimas três fica em casa.

Antes do Neko Café, Nagore não sabia nada sobre gatos, mas sentia que não tinha nenhuma vida. Nem uma.

Tudo começou numa noite de calor sufocante. Depois de muito revirar seu corpo suado, tinha conseguido adormecer. Fazia apenas uma hora que estava dormindo quando um grito agudo e angustiado a acordou.

A princípio, Nagore pensou que aquele grito havia sido fruto de um pesadelo. Virou-se na cama. Estava muito exausta para voltar ao mundo. Ainda não...

Então voltou a ouvi-lo, já plenamente acordada. Parecia o gemido de uma criança que chorava desconsolada, sem ninguém para confortá-la.

Nagore cobriu a cabeça com o travesseiro, tentando silenciar aquele ruído e voltar a dormir. Mas era impossível, pois à primeira voz se uniu uma segunda ainda mais agressiva.

Então se deu conta: aqueles malditos gatos vadios estavam tendo uma de suas brigas bem debaixo da sua janela, no quintal, que fazia com que os ruídos parecessem saídos de um alto-falante. *Como eu odeio o verão...*, disse a si mesma, morta de sono. Se tivesse ar-condicionado, teria fechado a janela para poupar-se daquela tortura, mas não era o caso. Precisava da janela aberta para respirar em meio ao mormaço.

A serenata noturna continuou com um coro dissonante que parecia ser formado por vozes de bebês indefesos. Até que um dos gatos deu um rugido e seu adversário respondeu com um ronco ameaçador.

Nagore se levantou furiosa. Sentada na cama, ela também teria miado de desespero se não tivesse outros vizinhos lutando contra a insônia.

Um novo grito de guerra se cravou em seu ouvido como um punhal. Aquilo era mais do que podia suportar. Sem acender a luz do quarto, pegou o copo cheio de água sobre a mesa de cabeceira e esvaziou-o de repente pela janela.

Um miado abrupto, seguido do ranger seco de um vaso de flores derrubado, sinalizou que tinha acertado o alvo.

Com os nervos exaustos, apoiou as costas na cabeceira da cama e acendeu a lâmpada verde-oliva da mesinha de cabeceira. Cansada, pegou o smartphone para ver a hora. Na tela quebrada, viu 3h05 da manhã e o envelopinho que indicava a chegada de uma mensagem de texto.

Era do banco.

Inquieta, apagou a luz, como se desse modo o pessoal do banco não pudesse vê-la. Um pensamento estúpido, já que certamente eles estavam dormindo, com o quarto a 22 graus centígrados, graças ao ar-condicionado.

Notificamos que está prevista para o próximo dia útil a cobrança de uma fatura que excede o seu saldo atual. Para qualquer esclarecimento, pedimos que entre em contato com o pessoal da empresa credora.

Nagore tocou nervosamente o teclado para acessar sua conta bancária e verificar o nível da catástrofe. A quantia lá disponível fez seu coração se encolher: 23 solitários euros contra os mais de cem que pretendiam lhe cobrar pelo telefone.

— Merda! — vociferou no escuro enquanto pensava como poderia ter acumulado aquela dívida. Seu pacote de internet e ligações era de 55 euros. Ela tinha feito uma ligação rápida para duas amigas em Londres e outra a Marrakech, porém jamais poderia ter imaginado que cairia naquele golpe.

Indignada, teria ligado imediatamente para a companhia telefônica, mas sabia que lidaria com máquinas ou com operadores do outro lado do mundo, o que só a deixaria mais mal-humorada.

Depois de deixar o celular na mesinha, abraçou os joelhos e observou a escuridão enquanto tentava acalmar sua mente. Fizera meia dúzia de entrevistas de trabalho sem resultado algum. Desde que tinha deixado a galeria, e, com ela, Owen, nada estava indo bem.

Sem perceber, as lágrimas começaram a rolar pelas suas bochechas.

Podia pedir ajuda aos pais, mas isso seria uma derrota muito difícil de superar. *Aqui estou eu: sem trabalho, sem dinheiro, sem um companheiro... só dívidas e esses gatos horríveis no quintal que não me deixam dormir,* disse a si mesma enquanto calculava que só faltavam cinco meses para que fizesse quarenta anos.

Nagore se sentia em um buraco negro existencial que a arrastava irremediavelmente para seu centro vazio.

Para tentar se animar, se recordou de um verão já muito distante quando tinha ido acampar com Lucía, sua colega de classe na faculdade. Duas estudantes malucas de design gráfico percorrendo Somerset, no sul da Inglaterra, em busca do Graal.

Justo naquele momento, o smartphone vibrou duas vezes enquanto a tela brilhava no escuro.

Depois de desligar o telefone em sua enésima tentativa de dormir, Nagore se perguntou quem é que estava enviando uma mensagem para ela no meio da noite pelo WhatsApp.

CAPÍTULO DOIS

Gato por lebre

O TOQUE ESTRIDENTE DO TELEFONE FIXO acordou Nagore com um sobressalto. Fazia apenas umas duas horas que ela tinha conseguido dormir, então voltou a enterrar a cabeça sob o travesseiro, esperando que desligassem. O aparelho estava na sala porque só ligavam para vender promoções milagrosas. Quando parou de tocar, Nagore suspirou aliviada. Ela estava prestes a cair no sono quando uma nova rajada de toques acabou com seu descanso.

Entendendo que o vendedor não desistiria tão facilmente, saiu do quarto, sentindo tontura a cada passo, como se caminhasse pelo convés de um barco. Seu primeiro impulso foi desconectar o aparelho e voltar para a cama, mas a dúvida fez com que ela pegasse o telefone.

— Nagore! Você está aí?

Fazia mais de dois anos que não escutava aquela voz revigorante e enérgica, que a fez perdoar imediatamente a ligação às oito e meia da manhã.

— Lucía... Ontem mesmo eu me lembrei de você.

— Viu minha mensagem no WhatsApp?

— Não... Ainda não. Estava dormindo, ou melhor, tentando dormir. O que aconteceu? — perguntou Nagore, alarmada. — Alguém morreu?

Uma risada cristalina do outro lado da linha revelou que sua velha amiga continuava a mesma.

— Certamente alguém morreu, pessoas morrem todos os dias — disse, filosófica. — Mas estou ligando para dar boas notícias... Alguns dias atrás, Amanda me escreveu de um retiro na cordilheira do Atlas. Nós nos lembramos de histórias da época da faculdade e colocamos o assunto em dia... Sei que tenho estado sumida ultimamente, me desculpe o afastamento. Ter um bebê consome nosso tempo como um buraco negro.

— Eu imagino — falou Nagore, com súbita tristeza. — Tenho muita vontade de conhecer...

— Saúl. O nome dele é Saúl.

Nagore se preparava para se desculpar, mas Lucía a cortou com sua voz cantada:

— Calma! Logo você vai conhecê-lo.

— Também não teria sido possível até recentemente... Passei dez anos na Inglaterra e voltei faz alguns meses. O motivo não importa agora. Qual é a boa notícia? — perguntou Nagore sem poder disfarçar um bocejo.

Esperava um anúncio do tipo "Estou grávida pela segunda vez" ou "Vou me casar e quero ver você no meu casamento", mas não.

— Preciso explicar pessoalmente... — disse em vez disso o membro mais otimista do trio Caveira, como as chamavam na faculdade. — Quer que eu passe na sua casa? Preciso estar no escritório antes das dez, mas podemos tomar um café.

— Melhor na cafeteria do mercado... — Com uma dor de cabeça crescente, Nagore observou a bagunça que a sala estava. — Em vinte minutos estarei lá.

— Ótimo!

Um banho e cinquenta passos depois, Nagore abraçava Lucía. Sua energia fez Nagore se sentir ainda mais fraca.

Voltou a pensar que estaria melhor na cama, mas conhecia Lucía o suficiente para saber que não teria se livrado dela tão facilmente. Apesar de seu bom coração, era teimosa e mandona. Se havia decidido que tinham de se ver às nove da manhã, assim seria, ainda que tivesse que derrubar a porta do seu apartamento. Era inútil resistir a Lucía quando queria algo.

— Dois sucos de laranja e dois cafés — pediu ao garçom sem sequer perguntar a Nagore. — Também vamos dividir um sanduíche desses.

— Espera! — interveio Nagore, incomodada. — Só tenho dois euros... Faz tempo que não nos vemos, mas já vou avisando que não tenho muito dinheiro.

— Eu já sei, boba... A Amanda me explicou que você tem procurado trabalho sem muito sucesso... Não se preocupe, é minha convidada. Hoje é uma celebração! De qualquer maneira, seus problemas financeiros estão prestes a terminar.

— Ah, é? — perguntou Nagore, incrédula.

— Definitivamente, por isso eu queria vê-la. A boa notícia é que, por um acaso do destino, arrumei um emprego para você.

Em choque, Nagore disse a si mesma que tudo estava acontecendo muito depressa para que sua mente aflita conseguisse assimilar.

— Sério? — balbuciou, espantada. — Do que se trata?

Lucía deu uma mordida na sua metade de sanduíche de salmão e bebeu um pouco de suco antes de explicar:

— Talvez não seja o trabalho que você esperava, mas dará para pagar as contas e ainda vai sobrar. Da próxima vez, você vai poder me pagar um café da manhã.

— E como você sabe que vão me dar o emprego? Suponho que terei que fazer uma entrevista e... eu devo ter cara de fracassada, porque ultimamente só tenho sido rejeitada.

— Para este não, mas é lógico que você terá que conhecer a dona.

— Como sabe que não?

— É um palpite.

Lucía tomou o último gole de seu café e limpou os lábios com um pedaço minúsculo de guardanapo. Então colocou suas mãos pequenas e delicadas sobre a mesa, olhando diretamente para os olhos verdes de Nagore. As piadas tinham acabado e agora ia falar sério.

— O fato de não ter encontrado trabalho até agora não tem nada a ver com sua idade, querida. Talvez o problema seja você não saber o que quer e a pessoa que vai decidir se você é a candidata adequada acaba percebendo isso.

Nagore suspirou, irritada. Depois de dois anos sem contato, Lucía não tinha o direito de julgá-la.

— Mas encontrei a solução perfeita para você — prosseguiu.

— Uma amiga japonesa se mudou para Barcelona e precisa de alguém de confiança para o café que ela vai abrir. No começo, ela pode pagar mil euros por mês, além de seguro social, férias etc.

O garçom que as serviu pareceu aguçar o ouvido. Nagore pensou que talvez ele recebesse menos do que estavam oferecendo a ela.

— Não tenho experiência nenhuma como garçonete... Quando ela me entrevistar, vai ver que não sirvo para o emprego.

— Claro que serve! — disse Lucía, mexendo nos seus lindos cabelos pretos. — É um desses lugares onde os clientes ficam uma hora com um café... e acho que não cabem mais que quinze. Yumi precisa de alguém que fale bem inglês, como você, porque não sabe outra língua. Além de japonês, claro. — Então não parece tão ruim... — Nagore ficou mais tranquila. — Onde é? E qual seria o horário?

— Fica a dez minutos daqui. Ela me disse que o horário é das 14h às 20h30, inclusive aos sábados. Ela vai esperar você hoje à tarde, porque sua ideia é abrir oficialmente na segunda-feira.

Surpresa com os acontecimentos, Nagore pensou que teria o fim de semana para se habituar à ideia. Trabalhar seis dias por semana em algo que nunca havia feito seria difícil, mas sempre seria melhor que ficar na rua por não conseguir pagar o aluguel. Isso se passasse na entrevista.

— Se Yumi gostar de você, vai propor um mês de experiência — explicou Lucía —, e depois contrato por tempo indeterminado. Sei que seu objetivo de vida não é servir chás e bolos, mas... vai servir enquanto você não encontra algo melhor. Só aconselho que controle seu mau humor se não quiser voltar ao ponto de partida.

— Você sabe que eu sou boazinha... — replicou, indignada — ... Quase sempre. Mais alguma coisa?

— Bom... de fato, há um detalhe desse café que ainda não contei.

— Que detalhe? — perguntou, temendo que sua amiga a estivesse levando a um antro de perdição.

Lucía sorriu, nervosa, antes de declarar:

— Nagore, é um café de gatos.

CAPÍTULO TRÊS

Você tem ailurofobia, querida

NAGORE PASSOU A MEIA HORA SEGUINTE olhando para sua xícara vazia de café, depois que Lucía havia ido embora. As risadas de um grupo recém-chegado de trabalhadores da construção contrastavam com seu estado de espírito.

Sem forças para se levantar, desviou o olhar para um quadro terrível pendurado atrás do bar. Com um desajeitado estilo amador — sem dúvida era obra de algum parente dos proprietários —, mostrava uma árvore nua sob uma tempestade. Esse esqueleto arbóreo era a vida de Nagore, e a tempestade que se aproximava tinha um nome: Neko Café.

Antes de sair correndo, Lucía havia lhe dito que era assim que se chamava o local de trabalho a que aspirava, já que *neko* significa "gato" em japonês.

O que Nagore não se atreveu a dizer era que não acreditava ser capaz de fazer isso. Não importava o quanto precisasse do dinheiro. Iria à entrevista por respeito e consideração com sua amiga, mas faria o possível para não ser contratada.

Com as duas mãos na cabeça, seu lindo cabelo preto servindo como uma cortina que a protegia do mundo exterior, olhou para o próprio vestido que já tinha muitos anos de uso e pedia aos gritos sua aposentadoria, mas era impensável que pudesse renovar seu guarda-roupa naquele verão.

À beira de um ataque de nervos, não deixava de pensar nos gatos de rua que arruinavam suas noites. Precisaria aguentá-los também de dia, em um café para eles? No way...,[1] disse a si mesma, repetindo a expressão favorita do ex-namorado.

Nagore teria preferido trabalhar num lugar com répteis ou numa reserva de aranhas venenosas do que suportar e alimentar aqueles egoístas peludos. Quando era criança, Nagore foi fazer carinho na gata do avô enquanto ela comia, e a felina arranhou seu rosto; desde então, Nagore odiava gatos com todas as forças.

Após uma soneca para se recuperar do desgosto, o desespero e a fúria deram lugar à resignação. Enquanto tomava banho, Nagore dizia a si mesma que não estava em situação de recusar nenhuma proposta, mesmo que fosse o pior trabalho do mundo.

Estava tão nervosa que chegou à entrevista dez minutos antes do horário marcado.

Pareceu-lhe que flutuava no ar o aroma de flor de laranjeira proveniente das árvores da praça. Dali, entrou na rua de pedestres e seguiu até o número 29. Antes de se atrever a entrar, observou o estabelecimento a certa distância.

---

1 Em tradução livre do inglês, "De jeito nenhum". (N.E.)

Sua testa e as mãos estavam encharcadas de suor, e não era por causa do verão de Barcelona. Deu dois suspiros longos e profundos, como lhe havia ensinado seu professor de ioga em Londres.

Na porta de entrada, havia uma placa com as palavras "Neko Café" e uma grande xícara de café da qual saía a cabeça de um gato preto. Se não fosse por sua aversão aos felinos, teria achado o desenho fofo.

Sob aquela placa artística, uma ampla janela mostrava os donos e senhores do lugar. Dois deles estavam empoleirados nos galhos de uma árvore artificial com uma atalaia no alto. Outro a vigiava, desconfiado, debaixo de uma mesa. Pensou ter visto mais dois no fundo do café, dormindo enrolados em um cesto de onde saíam ambas as caudas.

Sem dúvida, o cenário de um pesadelo.

Nagore estava prestes a desistir quando, ao virar-se, quase esbarrou em uma mulher japonesa pequena e elegante. Vestia preto e branco, como as cores da placa.

— Você deve ser Nagore — disse em um inglês impecável enquanto lhe oferecia um cartão com ambas as mãos, fazendo uma leve reverência. — Não abriremos ao público até segunda-feira, mas já está tudo pronto.

Depois de guardar o cartão de Yumi em sua bolsa, Nagore pensou que talvez tivesse sido deselegante de sua parte não ter levado um currículo ou um simples cartão de visitas.

— Lucía já me falou que você adora gatos — comentou a japonesa enquanto abria a porta para convidá-la a entrar.

Nagore engoliu saliva ao mesmo tempo que, com sua mente, enviava à sua amiga um raio fulminante.

— Você não vai entrar? — perguntou Yumi, gesticulando com as mãos pequenas.

Incapaz de responder, Nagore apenas concordou com a cabeça.

Quando a porta se fechou atrás dela, soube que já não tinha escapatória. Encontravam-se em uma pequena antessala com dois bancos e outra porta que dava acesso ao espaço dos gatos.

— Esta salinha separadora é para evitar que os meninos fujam para a rua, sabe? Como não conhecem a cidade, não sobreviveriam aos carros. Aqui é onde recebemos os clientes que reservaram sua hora no Neko Café. As mercadorias também chegam por aqui.

Nagore sentiu repulsa quando Yumi chamou de meninos aqueles selvagens que esperavam do outro lado da porta que tinha acabado de abrir.

— Vou preparar um café para você... — disse Yumi, guiando-a até uma mesa no fundo da sala, ao lado do balcão. — Me espere aqui, por favor.

Enquanto a japonesa manipulava a máquina de café com destreza, Nagore sentiu que lhe faltava o ar. Quando Yumi colocou na mesa seu café com leite, olhou, atônita, para a espuma. Com algum utensílio fino, a dona tinha desenhado no creme o rosto de um felino com longos bigodes.

Não quero gatos no meu café, por favor!, pensou Nagore, enquanto evitava olhar para os sete animais que a escrutinavam com seus olhos azuis, amarelos, verdes ou laranja, entre outras tonalidades.

A ponto de sofrer um ataque de pânico, a pergunta de Yumi sobre seus trabalhos anteriores chegou-lhe como um eco distante.

— Nos últimos dez anos vivi em Londres — explicou com esforço. — Lá eu abri uma galeria de arte com meu companheiro. Nós vendíamos pequenos quadros de artistas locais, no bairro de Whitechapel. Foi difícil no início, mas nos últimos anos conseguimos fazer dar certo... — Uma lágrima traiçoeira escapou de seu olho esquerdo, descendo de modo acusador por sua bochecha.

— Bem, meu parceiro, no fim das contas, me deixou porque se apaixonou por nossa artista mais jovem. Por isso voltei.

— A vida está repleta de acidentes — disse Yumi, olhando-a fixamente com seus olhinhos brilhantes e as mãos sobre a mesa. — Mas é muito melhor colidir do que continuar em um caminho que não leva a lugar algum.

Nagore se entregou a uma série de respirações profundas, grata pelas palavras de Yumi, que continuou falando em tom maternal:

— Lucía me disse que você precisa trabalhar com urgência, por isso este encontro. Eu também preciso de você, e tenho certeza de que vamos nos dar bem. Por outro lado, o que você fará aqui não é muito diferente do seu negócio em Londres.

A candidata levantou as sobrancelhas, sem entender.

— Cada gato é uma obra de arte em si. E sua missão, na verdade, será vender cada uma dessas obras de arte.

— Vender?

Um gato com rosto de guaxinim e as cores do seu café com leite levantou as orelhas em um pufe próximo.

— Sim, além de ganhar dinheiro para poder se manter, a missão de um café de gatos é conseguir que os clientes os adotem e os levem para casa. Então poderemos acolher novos felinos que estão com a organização protetora dos animais.

— Faz muito sentido...

Antes que Nagore ou Yumi continuassem a conversa, o gato saltou do pufe e avançou até Nagore, que ficou paralisada.

Sem compaixão, em seguida o animal pulou no seu colo, o que a fez soltar um grito de terror. Aquilo não pareceu abalar minimamente o intruso, que se encurvou sobre suas pernas, ronronando, alheio ao seu sofrimento.

— Apresento a você o Cappuccino — disse Yumi, divertindo-se.

— É o bebê mimado deste lugar.

Nagore já estava passando mal quando a mulher ergueu o gato branco e creme e lhe falou como a uma criança:

— Você deixa a gente conversar um pouco? — Então Yumi o colocou no chão e olhou de canto para a candidata. — Talvez adore gatos, mas você tem ailurofobia, querida.

— Ailurofobia... e o que é isso? — repetiu Nagore, sentindo-se mais agitada.

— Fobia de gatos.

Sabendo que fora descoberta, Nagore deixou que as lágrimas fluíssem livremente por seu rosto suado. Yumi baixou a voz, em tom de confidência:

— Não se preocupe, não é nada ruim. De fato, para os meninos será melhor assim.

— Como assim? — perguntou Nagore, secando as lágrimas com um pequeno guardanapo.

— Olhe o que aconteceu com Cappuccino... Ele é um gato muito curioso e ao mesmo tempo muito covarde. Jamais teria pulado no colo de alguém que não conhece, como fez com você.

— Eu não entendo...

— Talvez os gatos não entendam as palavras, mas são muito bons em ler emoções. Cappuccino captou perfeitamente que você está morrendo de medo e que não se moveria se subisse no seu colo. Por isso o fez. Ele sabe que você não vai machucá-lo nem incomodá-lo.

— Por que eu o machucaria? — indagou Nagore, cada vez mais confusa, enquanto o felino em questão continuava no chão, esperando uma nova oportunidade para pular no seu colo.

— Se há algo que os gatos odeiam é que mexam neles, você poderá perceber isso quando abrirmos na segunda-feira. Por isso, num círculo de pessoas, os gatos sempre escolhem aquela que não vai acariciá-los por medo.

— Então... — balbuciou Nagore. — Isso significa que estou contratada?

— Claro — respondeu Yumi, alegremente. — Esta tarde vamos ao escritório do administrador para assinar o seu contrato.

CAPÍTULO QUATRO

Apresentações informais

QUANDO SE ACALMOU UM POUCO, Nagore pôde ver que o espaço fora desenhado com bom gosto. Entre as paredes de cores suaves havia meia dúzia de mesas baixas com cadeiras coloridas e duas árvores enormes para gatos. As caixas de areia ficavam sob bancos, longe dos recipientes de comida.

Yumi explicou com precisão nipônica todas as tarefas que Nagore teria de realizar todas as tardes, antes da chegada dos clientes, para o conforto dos meninos.

— Além de limpar as caixas de areia e colocar comida duas vezes à tarde, não precisarão mais de você. Embora estejam aqui, são muito independentes, sabe? Sua missão será, acima de tudo, servir os humanos: você sabe, recebê-los, explicar como devem se comportar com os gatos, preparar cafés com bigode... Também temos lembrancinhas à venda na vitrine ao lado do balcão.

Nagore levantou a cabeça para ver a seleção de cacarecos: copos com o logo do café, dizeres felinos, porta-copos em forma de patas e outras inutilidades, na sua opinião.

— Já que você vai trabalhar com eles, chegou a hora das apresentações. Como você já conhece Cappuccino — disse Yumi enquanto o mencionado recuperava sua posição no pufe —, quero que conheça aquele senhor lá em cima.

No alto da árvore artificial mais afastada da rua havia uma plataforma com dois felinos dormindo: um gato enorme estava deitado de conchinha com um gato avermelhado de tamanho menor.

Parecem tapetes em vez de gatos, pensou Nagore, contrariada.

— Esse gigante branco é Chan, nosso mestre zen. É bastante velho e você vai ver que ele só tem um olho. Não sabemos qual é a sua história, mas todos os gatos lutam para dormir junto com ele. A única coisa é que ele fica um pouco louco na lua cheia... — acrescentou Yumi, pensativa.

— Como assim, ele fica louco? — perguntou Nagore, olhando angustiada para aquela grande bola de pelo.

— Ah, nada sério! Começa a rondar miando como se tivesse perdido algo. — Nagore assentiu, inquieta. — O mais fugitivo é o que está dormindo com o mestre: essa bola de pelo vermelha se chama Licor, que ainda é um bebê, não tem nem seis meses. Ele adora fugir e criar problemas. Toda vez que você tentar tocá-lo, ele vai sair correndo, mas também não pode ir muito longe...

Vou me abster de tocá-lo, disse Nagore a si mesma enquanto notava, horrorizada, que algo suave roçava-lhe os pés por trás, logo acima do tornozelo.

Virou-se depressa, mas não viu nada.

— Por que estes gatos estão aqui? — perguntou, lutando para manter a compostura. — E quantos são?

— O café está abrigando sete felinos neste momento. Nossa missão é encontrar para eles um lar permanente. Talvez você queira levar um para casa? — Ao ver o medo nos olhos de Nagore, Yumi inclinou-se sobre uma caixa de madeira com um buraco no alto. — Lá dentro está Smokey. Você só vai vê-la! Tem uma enorme habilidade para desaparecer, por isso o nome. Nossa princesa de fumaça tem maravilhosos olhos verdes. Além de se esconder, ela adora aparecer de repente como um fantasma. Então desaparece de novo. É muito esquiva e, até hoje, ninguém conseguiu tocá-la.

Nagore se inclinou com prudência sobre o buraco no topo da caixa, mas só conseguiu ver duas estrelas esverdeadas que brilhavam no escuro.

— É preta? — perguntou Yumi enquanto tentava controlar seus nervos.

— Sim, isso mesmo... Smokey é uma pequena pantera negra, sempre alerta. Talvez um pouco como você? Aposto que você também é difícil de pegar!

— Não — murmurou Nagore, sem entender o comentário. — Na verdade, odeio correr.

— Sim, mas seus olhos verdes são bonitos, e seu cabelo preto parece o de uma japonesa... Talvez você tenha mais coisas em comum com Smokey do que imagina.

Nagore soltou uma risada estúpida como resposta.

Depois de ir até o centro do local, Yumi apresentou um gato tigrado que bocejava sobre uma almofada solitária, como uma jangada no meio do mar de madeira que era o chão. Naquele momento, então, Smokey apareceu do nada como uma Ferrari preta e passou entre as pernas de Nagore antes de saltar olimpicamente na árvore perto da vitrine.

Yumi deixou escapar uma risada tão doce que Nagore teve que começar a rir também, o que ajudou a fazer com que seu nervosismo evaporasse.

— Você já está percebendo que eles são espíritos livres — disse a japonesa enquanto soltava o coque, deixando seu cabelo preto cobrir suas orelhas.

— Quer dizer que na verdade eles não se importam que eu esteja aqui, não é?

— Isso mesmo, eles se importam com poucas coisas, você pode ficar tranquila — falou, acariciando o felino tigrado, que parecia sorrir com os olhos fechados. — Eles não se importam com o que você pensa deles. Se um gato quer algo de você, ele vai dizer. Se lhe falta comida ou qualquer outra coisa, você saberá imediatamente. — E, dando umas palmadinhas nas costas do gato tigrado, continuou: — Apresento-lhe Sherkhan, cujo principal interesse, embora em várias línguas indianas seu nome signifique "senhor Tigre", são os cães, com certeza...

— Ele gosta de cães? — perguntou Nagore, surpresa.

— Bom, gosta de deixá-los loucos, é um provocador. Quando vê um na rua, junto ao café, se lança sobre o vidro e lhe dá um susto mortal.

O gato com cara de guaxinim, nariz rosa e olhos azuis como um céu de verão ouvia, em seu pufe, a explicação com grande interesse. Nagore agradeceu pelo fato de Cappuccino não ter tentado voltar para o seu colo. Parecia a ponto de fazer algo... e finalmente decidiu tirar Sherkhan de sua almofada, o que o gato tigrado aceitou com resignação.

— Esta é outra característica deste menino mimado — explicou Yumi. — Sempre quer o lugar dos outros.

As duas mulheres observavam em silêncio o gato-guaxinim começando a se limpar sobre a almofada recém-ocupada.

— Vou terminar as apresentações, não quero entediá-la. Essa bola de pelo comprido é Blue, nossa velha resmungona —

continuou Yumi, e apontou para um gato enrolado em um canto com cara de poucos amigos. — Tem essa coleira amarela porque ataca. É como uma rainha que lutou para ganhar o respeito dos meninos. Blue detesta os outros gatos, e também não gosta de humanos. Você precisará tomar cuidado para que os clientes fiquem longe dela ou teremos problemas.

Nagore assentiu com suavidade e prometeu a si mesma jamais se aproximar da gata de coleira amarela, embora se chamasse Blue.

— E o último da tribo é esse menino branco e preto com metade do bigode: Fígaro! — apresentou Yumi enquanto o felino mencionado caminhava sobre um banco.

A japonesa capturou-o com um movimento rápido e o balançava em seus braços enquanto prosseguia:

— Fígaro é pacífico como um bichinho de pelúcia. E tem uma paciência enorme. Quando perdeu sua dona anterior, uma mulher mais velha, seu neto o deixou aqui. Suas coisas preferidas são receber mimos e música clássica... Quando eu coloco Bach, fica quieto e levanta as orelhas. Não quer perder nem uma nota.

Fígaro empurrou sua cabeça contra o queixo da japonesa, como se reclamasse mais carícias. Depois de dar um pouco de atenção a ele, Yumi colocou o gato no banco de madeira e voltou a sentar-se na mesma mesa, junto a uma Nagore ainda tensa.

— Então... acha que pode lidar com isso?

Nagore suspirou.

Entendendo aquilo como uma afirmação, a japonesa tirou do bolso de seu vestido um molho de chaves e, sorrindo, o entregou à nova funcionária.

— Haverá muitos momentos em que eu não estarei, então você pode vir todos os dias às duas, embora o Neko Café abra às quatro.

Você terá essas duas horas para arrumar o local, colocar comida e água fresca para os gatos, limpar suas caixas de areia... Eles vêm sempre primeiro. Aí você pode assar bolos e verificar se não falta nada da lista da despensa.

— Acho que posso fazer tudo isso — disse Nagore.

— É assim que eu gosto! E não tema por sua ailurofobia... A maioria agirá como se você não existisse. No máximo será uma serva se precisarem de algo. Não espere carinho deles. Cappuccino é uma exceção.

Nagore voltou a olhar com desconforto para o gato de olhos azuis e pelagem café com leite. Seu instinto lhe dizia que não devia confiar nas exceções, especialmente se viessem na forma de um gato com cara de guaxinim.

— Esta é uma lição importante que todos os gatos me ensinaram — falou Yumi, encerrando aquela breve cerimônia de apresentações. — Aceite-se como você é, e não precisará da aprovação dos outros.

CAPÍTULO CINCO

O oráculo felino

O BAIRRO ESTAVA TÃO SILENCIOSO que era como se todo mundo tivesse morrido em um ataque de zumbis. Nagore adorava aquelas manhãs dominicais de ressaca do sábado.

Talvez por conta da tensão dos últimos acontecimentos, Nagore tinha conseguido dormir direto. Passava um pouco das oito da manhã quando foi à cozinha preparar um café com a última cápsula que lhe restava.

Isto é preocupante, pensou, enquanto completava meia caneca com aquela mistura espumante de sabor tão pouco natural. Então esperou esfriar e mordeu uma maçã enrugada que estava havia dias abandonada sobre o mármore.

Desde quando era menina, os domingos lhe pareciam angustiantes. Em vez de desfrutar do dia de descanso, sofria com a contagem regressiva para a segunda-feira. Prestes a atravessar a temível fronteira dos quarenta, Nagore estava outra vez sendo dominada por aquela avassaladora sensação misturada com perplexidade.

O que estava acontecendo ficava a anos-luz de distância do que imaginara que aconteceria em sua vida.

Tomou alguns goles de café sem açúcar, como gostava, tentando aproveitar aquelas horas de calmaria. Antes das onze, o vizinho começaria "a ópera de domingo". O vizinho de cima, um viúvo de idade indeterminada, tinha a dolorosa tradição semanal de escutar árias em um volume que fazia com que Nagore quisesse que seus ouvidos fossem tapados.

Não tinha nada urgente para fazer, então seus pés descalços a levaram até a escrivaninha da sala, onde muitos livros a esperavam.

A base daquela montanha estava ali desde que suas coisas tinham voltado de Londres em um lento transporte marítimo. Consistia em romances históricos que, em circunstâncias normais, Nagore teria gostado de ler, mas nos últimos meses tinha perdido o interesse não só pela literatura como por quase tudo.

No alto da pilha estavam três livros que Yumi tinha lhe dado para que se familiarizasse um pouco com os gatos.

Nagore os levou para o sofá com relutância junto com uma caneta e uma folha de papel. Sua nova chefe tinha garantido a Nagore que aqueles livros eram divertidos e seriam úteis se, além de descansar no fim de semana, ela quisesse se preparar para o primeiro dia de trabalho.

Observou os livros com suspeita por um momento, mas então sua mente voltou ao primeiro encontro que teve com gatos na idade adulta. Em especial a seu encontro com o teimoso e mandão Cappuccino.

Antes de mergulhar à força naquelas leituras, decidiu cultivar uma de suas paixões: fazer listas e diagramas para tentar compreender sua vida. O tópico desta estava mais que claro:

Vou trabalhar no Neko Café

Prós:

* Com mil euros por mês posso pagar o aluguel, as contas e até comprar comida.
* Me poupo da humilhação de ter de pedir dinheiro aos meus pais.
* Terei algo para fazer e assim não ficarei louca trancada em casa.
* Farei um trabalho humanitário, embora não saiba se esta palavra é adequada para o trabalho de fazer com que humanos levem para casa gatos que acabarão os transformando em seus criados.
* Gosto de Yumi.
* Já disse que sim.
* Preciso de dinheiro!

Contras:

* Odeio os gatos.
* Odeio os fãs de gatos.

Nagore ficou vários minutos sentada diante do papel, e sua mente estava vazia. Não conseguia pensar em mais nada contra o novo trabalho.

Empurrou a folha com raiva e olhou para as capas dos livros que, sobre seus joelhos, aguardavam silenciosamente que ela os tocasse.

A gata do Dalai Lama era um romance de David Michie. Um felino de rosto escuro, olhos azuis e orelhas cinzentas olhava para ela de um tecido vermelho com marrom.

Eu sou um gato, de Natsume Soseki, tinha um gato preto e marrom com olhar fixo que também não inspirou confiança nenhuma em Nagore.

¿Qué hace mi gato cuando no estoy?: Una historia real de amor, obsesión y tecnología GPS[2] era a proposta mais excêntrica. A capa do livro de Caroline Paul tinha a aquarela de um gato marrom com fundo branco. Nagore teve que reconhecer que gostava dos desenhos desse último livro. Irradiavam tanto calor e alegria que disse a si mesma que algum dia tentaria fazer ilustrações como aquelas. Essa ideia abalou Nagore: fazia quase um ano que era incapaz de desenhar qualquer coisa.

Para afastar o mal-estar que começava a dominá-la, decidiu recuperar um jogo que tinha praticado na adolescência com sua melhor amiga: o oráculo dos livros. Abriria cada um em uma página aleatória e anotaria o primeiro fragmento que lesse. Seriam mensagens que a guiariam na nova vida que estava prestes a começar. O oráculo de *¿Qué hace mi gato cuando no estoy?* deu o seguinte resultado:

Você nunca pode conhecer seu gato. Na verdade, nunca pode conhecer ninguém tanto quanto gostaria. Mas isso é bom; amar é melhor que conhecer.

Há alguma verdade nisso, pensou, embora seria possível acrescentar que não se pode confiar em ninguém completamente. Sem mais reflexões no momento, Nagore pegou o livro seguinte, *A gata do Dalai Lama*:

— Sabe, professor, esta gatinha abandonada e o senhor têm algo muito importante em comum.

---

2 "O que o meu gato faz quando não estou aqui: uma história verdadeira de amor, obsessão e tecnologia GPS", em tradução livre. (N.E.)

— Não posso imaginar o que seja — respondeu o professor friamente.

— Sua vida é a coisa mais importante para o senhor — disse Sua Santidade. — Assim como para ela é a vida dela.[3]

Teria sido bom compreender aquele fragmento, mas Nagore sentia-se mais próxima do ponto de vista do professor que do que dizia o Dalai Lama. Não queria nem pensar que ela poderia ter coisas em comum com um gato! Ainda assim, anotou a frase obedientemente. Depois pegou o terceiro livro, *Eu sou um gato*, e abriu em uma página qualquer:

Tivéssemos tempo para manter um diário, seria melhor desfrutar esse tempo cochilando na varanda.[4]

Esta frase pelo menos fez Nagore sorrir. E ela decidiu aceitar o conselho. Depois de tomar nota, voltou para seu quarto e seguiu a recomendação do gato desconhecido: se daria mais um tempo para descansar, antes que a ópera invadisse seus tímpanos.

---

3 Extraído de MICHIE, David. *A gata do Dalai Lama*. Teresópolis: Lúcida Letra, 2013. (N.E.)

4 Extraído de SOSEKI, Natsume. *Eu sou um gato*. 4. ed. São Paulo: Estação Liberdade, 2016. (N.E.)

CAPÍTULO SEIS

Ocupar-se da vida

QUANDO CHEGOU AO NEKO CAFÉ, a claridade da tarde banhava o local e vários gatos tomavam sol preguiçosamente perto da vitrine. Nagore respirou fundo enquanto abria a primeira porta. Usava sua calça jeans cinza favorita e botas velhas e confortáveis: assim evitaria que os gatos lhe arranhassem os tornozelos. Preferia que seus pés assassem.

— Já viu tantos gatos preguiçosos juntos? — disse Yumi à guisa de saudação após deixá-la entrar com um grande sorriso.

O vestido verde-escuro de Yumi, com sua longa saia, lembrou a Nagore uma fada. Desde já, teria preferido estar com ela em um bosque, e não num café de gatos.

Tentou amansar seu nervosismo explicando que tinha começado a folhear os livros e que, até então, o que mais lhe agradava era *¿Qué hace mi gato cuando no estoy?*.

— Sou designer gráfica — explicou —, e gosto dos desenhos desse livro. Por onde começo? — perguntou, nervosa.

— Está vendo as caixas de areia que estão debaixo dos bancos? — começou Yumi, enquanto lhe estendia luvas de plástico. — Você vai começar limpando a areia dos gatos. Enquanto isso, eu vou ligar a máquina de café. Depois vamos ver o que falta na despensa e vou deixar você sozinha por algumas horas, se não se importar.

— Sim, tudo bem... — disse Nagore, manuseando uma pequena pá e um saco para limpar as caixas de areia.

Tentou desligar sua mente para não sucumbir ao pânico. E se os gatos arranhassem seus braços enquanto retirava seus excrementos? Nagore não podia imaginar nada mais humilhante. No entanto, assim que começou a tarefa, percebeu que sua presença não preocupava nem um pouco os felinos. Isso, de alguma forma, aliviou sua tensão.

Yumi colocou em uma velha vitrola uma seleção de peças de piano clássicas que fez com que Fígaro, o gato melômano, levantasse as orelhas.

— Está provado que é uma boa faxineira — falou-lhe depois de ter ligado a máquina de café e verificado as formas dos bolos. — Pronta para passar à próxima fase?

— Acho que sim. Qual é?

— Agora você tem que conhecer a manada. A maneira mais fácil é lhes dar comida e, acredite, eles sempre têm fome quando abrimos. Se não fosse o fato de ainda não a conhecerem, já estariam miando em volta das tigelas.

Yumi desapareceu por uma porta atrás do bar e voltou com um grande saco de ração. Nagore o arrastou junto às tigelas e começou a separar a comida com uma caneca, segundo as medidas que a japonesa lhe tinha indicado.

O barulho do saco despertou a maioria dos gatos que tomavam sol; alguns inclusive começaram a correr em direção a Nagore, que imediatamente foi cercada por uma massa miadora. O mais apaixonado era Cappuccino, que se erguia sobre as patas traseiras como se tentasse tirar-lhe o saco de ração das mãos.

Nagore prendeu a respiração e se preparou para um ataque múltiplo, mas, assim que encheu algumas tigelas, estas se tornaram o centro das atenções. Novamente comprovou que ela não lhes interessava. Só estavam interessados na comida.

— Uma vez ouvi um palestrante dizer que muitos dos problemas que temos são autênticos artigos de luxo — falou Yumi enquanto colocava duas xícaras de chá verde em uma das mesas, como se tivesse lido o pensamento de Nagore. — Nós nos preocupamos com tudo, incluindo coisas que não têm importância nenhuma. Você não acha? Nisso os gatos são hábeis, em se ocuparem de seus assuntos em vez de se *pré-ocuparem*.

— Bom... no momento parece que estou usando uma capa de invisibilidade e eu amo — respondeu Nagore, aliviada. — Você me ensina como funciona a máquina de café?

— Claro, querida. E já que você é designer gráfica, vou mostrar como fazer o rosto de gato bigodudo no café com leite. Os clientes adoram. O segredo está na espuma do leite, que nos ajuda a esculpir um pouco. Olha...

Naquele exato instante começou uma briga entre Cappuccino e Blue, a gata resmungona. Cappuccino queria meter a pata na comida de Blue, mas, como resultado, levou alguns arranhões.

Para acabar com a briga, Yumi pegou uma almofada de um assento e saiu do balcão ameaçando o gato com rosto de guaxinim:

— Cappuccino! Não seja malvado! Você já comeu sua ração... Deixe a Blue comer em paz!

O gato não a entendia ou não a ouvia... Assustada, Nagore observava a distância como a gata de olhos azuis-escuros lutava contra seu teimoso oponente em meio a uma chuva de miados de indignação e bufadas nervosas.

Quando Blue se enfureceu por completo, Cappuccino baixou o lombo e começou a retroceder, resmungando e bufando. Aparentemente, havia escolhido a rival errada.

Para acabar com a confusão, Yumi jogou-lhes a almofada. Depois de saltar para esquivar-se, Blue começou a perseguir Cappuccino pela sala.

— Ele não é um menino mau, mas adora se apoderar do que é dos outros. Por isso sempre se mete em confusão. — E, voltando à cafeteira, Yumi propôs-lhe: — Venha, agora você vai praticar os rostos de gato no café com leite.

Embora o motivo pictórico lhe parecesse muito antipático, Nagore adorou aprender aquela técnica de arte efêmera. Com a ajuda de um tubinho metálico do comprimento de um lápis, desenhou com cacau sobre a espuma.

Enquanto criava seu primeiro café com bigode, o telefone tocou algumas vezes. Yumi adicionou os novos mantimentos na lista e esperou que Nagore terminasse sua criação para lhe explicar:

— Os primeiros clientes chegarão às quatro. Há uma família, dois casais e vários gatófilos solitários. Para amanhã há um grupo grande. Nada mau para uma inauguração, você não acha? — disse, orgulhosa.

Nagore assentiu com a cabeça enquanto perguntava:

— Onde está a lista de preços?

— Tecnicamente não podemos cobrar. As regulamentações sanitárias não permitem que em um café onde há animais se manipulem bebidas e alimentos. Mas feita a lei, feita a armadilha.

Nagore lhe dirigiu um olhar interrogativo.

— Somos uma associação, como as protetoras de animais, e o que lhes cobramos é uma doação, certo? — explicou Yumi. — O café e os bolos que servimos são um presente que oferecemos aos clientes. As regras básicas estão descritas nas mesas ao lado do perfil de cada gato. Você se lembra de quais eram?

— Humm... — Nagore fixou o olhar em Blue, que agora descansava na atalaia da árvore próxima à janela. — A coleira amarela significa "não tocar"?

— Sim, Nagore, muito bem! E os outros gatos?

— Podem brincar com eles com as fitas e os brinquedos que há no café, mas não podem tocá-los, levantá-los nem incomodá-los. Especialmente quando estão dormindo.

— Muito bem. Agora tenho que ir. Fique aqui, por favor. Os meninos gostam da companhia humana, mesmo que não demonstrem.

Quando ficou só, Nagore estava alerta, mas já não aterrorizada, como tinha temido. Ainda assim, não deixava de vigiar de perto aquela tribo de mimados.

Alguns gatos dormiam: um sobre a almofada no centro do café, dois na árvore de gatos... Finalmente, reparou em Cappuccino, que a olhava com expectativa com seus olhos azuis-céu. *Seu narizinho rosa no meio da máscara de guaxinim torna-o quase adorável*, Nagore pensou. Então ele logo se enroscou e fechou os olhos.

Nagore saiu lentamente de seu refúgio (assim era o balcão para ela) e aproximou-se pouco a pouco do gato que iniciava sua soneca. Chegou perto o bastante para ver como a barriga dele inchava com a respiração.

— Por que é tão mau, se pode ser tão bom? — perguntou-lhe a uma distância de segurança de um braço estendido.

O gato se encolheu com um bocejo, como se já estivesse sonhando. Ao notar sua presença, seus olhos azuis se abriram e miraram Nagore com uma mistura clara de preguiça e curiosidade. Depois o sono acabou derrotando Cappuccino.

Muito melhor se ocupar do que você está fazendo, pensou Nagore, *mesmo que seja uma soneca, do que se preocupar com coisas que você nem sequer sabe se vão acontecer.*

Além de tirar essa conclusão, tomou consciência da lição que Cappuccino lhe ensinara nas horas que passaram juntos: seja autêntico de coração. É um gasto de energia inútil e esgotante tentar ser outra pessoa, fingir emoções que não são suas.

Naquele ponto de suas reflexões, o gato abriu os olhos por um instante. Parecia dizer a Nagore: "É isso mesmo, aprendiz".

CAPÍTULO SETE

O oitavo passageiro

O TEMPO PASSOU MUITO DEVAGAR naquela primeira tarde. Nagore estava uma pilha de nervos enquanto vigiava, desconfiada, os sete gatos, e o mundo exterior lhe parecia um lugar acolhedor e espaçoso, apesar do calor do verão.

Quando saiu um minuto para respirar, alguns olhos amendoados, orelhas e cabeças voltaram-se para vê-la.

Faltava uma hora e meia para o Neko Café abrir suas portas ao público, que começaria a chegar às quatro da tarde.

De volta ao local, Nagore se assegurou de que cada mesa tivesse seu livrinho para consulta dos clientes, que continha não só as regras gerais, recomendações e doações, mas também um breve perfil de cada gato, exagerando os aspectos positivos e atenuando os negativos, em sua busca por um lar permanente.

Àquela hora de sol escaldante, a maioria dos gatos tirava sua segunda ou terceira soneca. Apenas Smokey, a princesa preta, e o tigrado Sherkhan brincavam, correndo e perseguindo-se para cima e para baixo, por toda parte. Quando se cansaram daquele jogo, cada um foi para uma extremidade do café e ambos começaram a se limpar meticulosamente.

Durante longos minutos tudo ficou em silêncio, era como se

Nagore fosse apenas parte do mobiliário. Nada se movia, nem sequer o ar, e ela quase adormeceu como aquela colônia de preguiçosos. A ventilação que chegava da parte de trás da cafeteria era escassa. Nagore disse a si mesma que seria uma boa ideia instalar um ar-condicionado... ou pelo menos um ventilador.

Enquanto pensava nisso, a sombra de uma pantera surgiu do nada e voou para o alto do balcão, onde Nagore estava encostada, dando-lhe um susto mortal. Nagore pegou um pano da cafeteira para expulsar Smokey de lá, mas a gata já estava outra vez no chão e corria para a árvore de gatos mais próxima do balcão. A princesa de fumaça ficou alguns instantes em um dos galhos, num estado de plena tensão, e em seguida se lançou para um inimigo invisível sobre um pufe desocupado.

Um zumbido rápido que atravessou o local fez com que Nagore percebesse o que estava acontecendo. Smokey estava perseguindo uma mosca enorme que tinha entrado no café. Sua caça malsucedida não despertou o menor interesse em seus companheiros, mas, à medida que a mosca enorme sobrevoava aquele espaço proibido, cada vez mais gatos moviam as orelhas.

Num piscar de olhos, Sherkhan, Fígaro e Cappuccino se juntaram à missão de Smokey, lançando suas garras no ar para interceptar a mosca em seu percurso.

Enquanto Nagore continuava incomodada com aquela perseguição, reparou também que os outros três gatos da tribo se mantinham à margem da aventura.

Chan, o gigante branco e zarolho, estava agora ao lado de Blue em uma prateleira com gatos de pelúcia. Só seus traseiros se tocavam. Licor, seu ajudante menorzinho, descansava debaixo de um banco.

Nagore disse a si mesma que aqueles sete pareciam dominar a arte da aceitação muito melhor do que ela. Sem as comodidades da vida, nenhum deles tinha chegado com um histórico brilhante, e mesmo assim dormiam, brincavam, corriam e provocavam-se mutuamente, como se não houvesse amanhã. Demostravam uma paixão pela vida que sem dúvidas faltava a Nagore.

Com um salto quase olímpico, Smokey finalmente pegou a mosca. Os outros três gatos tentaram cercá-la, mas a gata rompeu o cerco e desapareceu pelo corredor do banheiro dos clientes com o troféu entre os dentes.

Privados de sua diversão, os três felinos vagaram um pouco pelo café, bebendo um gole de água ou comendo um pouco de ração, até que, finalmente, se deitaram para continuar a soneca.

Observar a coreografia dos gatos fez com que a tensão de Nagore afrouxasse um pouco. Talvez nada fosse tão importante como ela acreditava e tudo se tratasse, simplesmente, de viver.

Yumi chegou, esbaforida, cinco minutos antes da abertura. Depois de deixar sua bolsa sobre o balcão, voltou a consultar o computador e anunciou com nervosismo:

— O primeiro casal de convidados está prestes a chegar.

Exatamente naquele momento, um jovem de óculos abriu a porta da frente, e Yumi correu para recebê-lo. Os dois conversaram um pouco antes de passar pela segunda porta.

— Este é Sebastian, querida. Sebas para os amigos. Pode considerá-lo um dos nossos, já que projetou a reforma do local para tornar realidade o Neko Café. E eu acho que é o único humano que gosta de Blue. — Yumi se voltou para o homem. — Nagore é a nova gerente. Quer um café com bigode?

— Sim, obrigado! Aliás... onde está minha garota? — perguntou, olhando ao redor, enquanto Nagore preparava seu primeiro café com leite e lhe indicava:

— Ao lado de Chan, sobre o banco de madeira.

— Ah... então vou me sentar ao lado dela, só para estar perto, ok? — prometeu Sebas. — Não vou acordá-los, conheço as regras.

Yumi sorriu satisfeita enquanto se dirigia à recepção para dar as boas-vindas a um casal.

No meio da tarde chegou um grupo de adolescentes barulhentos e mais dois casais. Foi então que o caos surgiu: uma menina pisou acidentalmente na cauda de Cappuccino, que começou a bufar e atacou o tornozelo da agressora antes de fugir.

Nagore teve que pegar o kit de primeiros socorros para cuidar dos arranhões da menina, que chorava por causa do susto.

Até a hora de fechar, o ruído das vozes e a atenção excessiva sobrecarregou os felinos, que começaram a se mostrar mais hostis e esquivos. Nagore sentiu o mesmo e se surpreendeu ao perceber que, pela primeira vez, estava do lado dos gatos.

Quando não estava servindo bolos ou "cafés com bigode", os clientes lhe faziam perguntas sobre os gatos que ela mal sabia responder. Além disso, teve que repetir várias vezes "por favor, deixe-o dormir", "por favor, não toque na da coleira amarela", "por favor, deixe-os em paz!".

Essa última gritou para um adolescente que não parava de irritar Blue, que tinha se escondido num canto debaixo de um dos bancos.

Decidiu pôr uma música de fundo para apaziguar o ambiente.

Yumi comemorou o detalhe levantando um polegar enquanto

fazia um bolo e Fígaro, o gato preto e branco com meio bigode, saltava sobre o balcão, decidido a ficar lá para fugir dos mimos de estranhos e ouvir a música mais de perto.

De onde estava, Nagore observava que apenas Licor aceitava brincar com os adolescentes, que o faziam perseguir fitas e tubos.

— É muito lindo! — gritou a líder do grupo.

A paz reinou por um tempo quando partiram, mas outros dois casais e um grupo de três pessoas apareceram.

Yumi parecia feliz: falava com os que sabiam inglês, algo habitual no bairro hipster Gràcia, e contava as maravilhas de cada gato para conseguir adoções, algo que não parecia nada fácil.

O velho Chan deu um pequeno espetáculo quando, perturbado pela agitação humana, quase caiu do banco ao tentar descer para ir à caixa de areia.

Às oito, pouco antes da hora de fechar, chegou o último cliente do Neko Café. Era um homem de meia-idade com cabelo curto e preto. Vestia uma calça de gabardine, uma camisa polo escura e deixou a seus pés o que parecia uma caixa de livros. Transmitia uma mistura quase oriental de discrição e asseio.

Quando se sentou no banco de madeira, Chan se aproximou com lentidão, inspecionando-o. Farejou primeiro a caixa e logo seus sapatos. Devia inspirar confiança porque, com um suave salto, o gato sentou confortavelmente ao lado do homem.

Depois de falar um minuto com ele, Yumi fez um sinal com os dedos indicadores nas bochechas para Nagore. Aquilo significava: "Sai outro café com bigode!". Depois de mais de uma dúzia de criações, a renascida designer gráfica tinha superado a arte de Yumi na tela da espuma.

Uma calma aromática reinou na última meia hora. Nos minutos finais só restava o homem de preto, que escrevia algo com uma caneta-tinteiro em seu bloco de notas. Chan continuou ao seu lado com os olhos entrefechados. Parecia que ambos gostavam daquela companhia sem palavras nem contato físico.

Quando o relógio que estava na sala, que tinha a forma de um gato com a cauda como pêndulo, marcou oito e meia, o homem guardou suas coisas com muita diligência na mochila. Depois de pagar, despediu-se com um gesto suave. Seus olhos azuis transmitiam uma mistura de timidez e cordialidade.

O longo dia finalmente tinha acabado. Depois de trancar a porta, Yumi quebrou o protocolo japonês, tomou as mãos de Nagore entre as suas e disse-lhe com olhos brilhantes:

— Parabéns! Prestou um excelente serviço a humanos e gatos.

— Não sei o que dizer... — Nagore sorriu, esgotada. — Estou orgulhosa por ter sobrevivido.

Yumi estava enchendo dois copos de chá verde gelado quando ouviram um ruído estranho que vinha do corredor. Havia um barulho constante na porta do banheiro, como se um gato estivesse trancado e arranhasse a madeira.

A presença curiosa de Smokey, que não deixava de olhar hipnotizada para a porta, acabou confirmando a hipótese.

Quando as duas mulheres se aproximaram, o barulho foi substituído por um miado suave proveniente de dentro. Após abrir a porta, Yumi olhou para a funcionária com estupefação. Não era um dos seus meninos.

Um gato preto e grande de pelos longos as olhava pacificamente com seus belos olhos amarelos.

Nagore foi a primeira a conseguir articular as palavras:

— Mas... de onde saiu este gato?

CAPÍTULO OITO

Serenidade, valor e sabedoria

AO TENTAREM PEGÁ-LO, o gato desconhecido saiu correndo e se escondeu debaixo do armário onde guardavam a ração. Era muito baixo para que pudessem tirá-lo dali, então Yumi decidiu alimentar todos os gatos com algumas merecidas latas de carne com molho.

— Ponha as tigelas perto dos bancos — propôs a Nagore —, vou deixar uma perto do armário, para ver se conseguimos fazer com que ele saia.

Quando os sete gatos começaram a comer, observaram o que acontecia no esconderijo do intruso. A tigela de carne estava a meio metro do armário. Se quisesse comer, ele não tinha escolha a não ser sair.

Durante alguns instantes, nada aconteceu. Então, lentamente, apareceu uma pata preta, como se tateasse onde estava aquele molho gostoso. Ao perceber que não podia levar a comida até sua caverna, logo surgiu um focinho preto, que rapidamente se tornou uma cabeça preta e seu corpo.

Yumi fez um gesto para Nagore indicando que deviam manter certa distância para não assustar aquele clandestino misterioso, que não sabiam como tinha entrado ali.

O gato farejou a comida com grande cautela antes de começar a comer. Depois de lançar alguns olhares desconfiados, começou a mastigar devagar, com uma moderação insólita para um intruso. A tribo felina não pareceu prestar atenção a sua presença. Estavam muito ocupados com aquele jantar, do qual gostavam muito mais que da ração seca.

Quando tinha quase terminado, Yumi o levantou com movimentos precisos e experientes e o levou para os fundos da loja, onde Nagore já os esperava.

— Vamos dar uma olhada em você, lindo — disse Yumi ao gato enquanto o colocava no chão. — Nagore, na prateleira à sua direita tem um frasco com erva em que está escrito "Catnip". Por favor, me dê um punhado.

Nagore nunca tinha ouvido falar naquela erva, mas, olhando as etiquetas dos diferentes frascos, não demorou a encontrá-la.

Nagore se surpreendeu que aquele forasteiro de quatro patas não estivesse correndo para cima e para baixo no pequeno depósito em que o tinham fechado. Com a mesma tranquilidade com que havia comido, agora passeava por aquele pequeno espaço.

Yumi então pegou o *catnip* e o passou com suavidade na frente do focinho do gato, que pareceu surpreso com aquela oferta. Aí deixou um pouco no chão para que ele pudesse cheirá-lo.

— É um velho truque que aprendi com nosso veterinário da vida inteira — explicou. — Em pequenas doses, a *Nepeta cataria* os relaxa. Às vezes, até parece que estão drogados. Olha... já está fazendo efeito.

Depois de mastigar um pouco a grama, o gato rolou e logo ficou deitado de costas, contemplando o lugar com o olhar perdido.

Yumi o acariciou um pouco e depois o virou para examiná-lo.

Era um macho e, embora não se visse pela sua longa pelagem, usava uma coleira de couro com uma plaquinha. A japonesa levantou o gato de novo, colocou-o sobre uma mesa alta e pediu a Nagore que o segurasse. Até então, ela nunca tinha tocado num gato. Jamais. Sentindo-se pressionada, não lhe restou outra opção senão aceitar. Segurou a respiração enquanto esticava o braço para pôr uma mão sobre seu lombo peludo e a outra perto do pescoço do felino. Era muito mais suave do que tinha imaginado. Inesperadamente sedoso. E, ao contrário do que havia temido, o gato não se moveu nem um pouco, como se quisesse facilitar a tarefa de segurá-lo.

Yumi inspecionou a coleira. Parecia feita à mão, como a plaquinha, que era de bronze brilhante. Nela se lia o que devia ser o nome do gato: Sort. E, do outro lado, com letra muito pequena, o seguinte texto:

Por favor, me conceda
a serenidade para aceitar
as coisas que não posso mudar,
o valor para mudar
as coisas que posso
e a sabedoria para reconhecer
a diferença.

— Você é o Sort? — perguntou Yumi ao gato.

O gato bocejou e soltou um miadinho.

— Já posso soltá-lo? — suplicou Nagore, que sentia que já tinha cumprido o ato mais heroico de sua vida.

Yumi assentiu enquanto pegava o gato para colocá-lo no chão.

— O *catnip* os deixa bêbados. É melhor que não fique num lugar alto, poderia cair. É difícil acreditar que um gato tão bonito venha da rua.

— Talvez tenha saído de sua casa e não encontrou o caminho de volta — disse Nagore, admirada com a serenidade do felino, que parecia esperar novos acontecimentos no pequeno depósito.

— É uma possibilidade... Em todo caso, não podemos deixá-lo preso aqui. Teremos que ver como ele se comporta com o restante dos gatos. Eu me encarrego disso, querida. Você deveria estar em casa faz tempo.

Depois de agradecer à chefe, Nagore foi buscar suas coisas. Tinha sido um dia longo... e com uma surpresa final, embora Yumi a tivesse reservado para o dia seguinte:

— Amanhã antes de abrir você precisará levá-lo ao veterinário. Vou escrever o endereço num papel.

Veterinário?, pensou, horrorizada. Nagore nunca tinha visitado o consultório de um veterinário e muito menos tinha levado um gato.

Já ia abrir a primeira porta para escapar daquele lugar idealizado para felinos quando Yumi lhe perguntou:

— Então... gostou do seu primeiro dia?

Nagore respirou com impaciência antes de responder:

— Acho que comecei a aprender coisas com os gatos.

Naquele momento, Sort decidiu aventurar-se pela sala comunitária do Neko Café, onde todos os olhos, narizes e orelhas se voltaram para ele.

— Pois agora tem... oito mestres! Foi um dia longo, muito obrigada por compartilhá-lo com a gente. Você já faz parte da família.

Nagore agradeceu a Yumi e saiu do local com a sensação de ter vivido metade de sua vida lá.

Precisava processar tudo o que havia acontecido naquele dia. Soltou seu longo cabelo, que se ondulava atrás dela ao caminhar. De repente sentiu muito calor, usando suas botas e sua calça jeans. Talvez no dia seguinte poderia arriscar-se a pôr sandálias.

Não conseguia tirar da cabeça aquela pequena oração que estava pendurada no colar do recém-chegado. *Acho que sempre quis mudar as coisas que na realidade deveria aceitar...*, pensou conforme acelerava o passo, como se tentasse fugir de si mesma.

Enquanto o barulho da rua a trazia de volta à vida mundana, lembrou-se da serenidade daquele forasteiro a quem nada parecia afetar. Esta era a segunda lição que tinha aprendido com os gatos: diante de tudo, muita calma.

Quem dera eu pudesse ser assim, disse a si mesma enquanto apressava o passo sem motivo.

CAPÍTULO NOVE

Passeio noturno

A NOITE ESTAVA MAIS FRESCA, e Nagore tinha vontade de estar ao ar livre, então passou por sua casa e seguiu pelas ruas de pedestres e pelas praças repletas de terraços. Aí subiu a rua Verdi com a ideia de chegar ao Park Güell.

Tentava dar sentido a tudo o que estava vivendo desde sua separação, mas ainda era impossível.

Fora ela mesma quem apadrinhara aquela escocesa de pouco mais de vinte anos que pintava microquadros em tampas de cerveja. Owen lhe tinha assegurado que ninguém compraria quadros com menos de três centímetros de largura, por mais econômicos que fossem. Apesar disso, Nagore o havia convencido de que eram o presente perfeito para os turistas que gostam de arte e perambulavam por Whitechapel em busca de algo verdadeiramente diferente. E aquilo era.

Antes do primeiro mês já tinham vendido todos os microquadros, por isso a artista precisou aumentar a produção. Faziam sucesso em especial os que tinham como motivo paisagens industriais da rua Bricklane. Eram literalmente arrancados das mãos deles, então Owen começou a guiar a jovem pintora para que fosse nessa linha. Aí ele sugeriu que ela fizesse séries de quatro ou cinco tampas que podiam ser vendidas emolduradas a um preço muito superior.

Impulsionados pelo sucesso, a parceria entre ambos ficou cada vez mais forte. Até que, em uma tarde na qual Nagore não precisaria passar pela galeria porque tinha ioga, passou lá para cumprimentá-los e os encontrou se acariciando no sofá.

Depois de quase nove anos de relação, Nagore teria perdoado aquela infidelidade, mas Owen preferia não ser perdoado. Ele não estava disposto a desistir de um romance que o fizera retornar a seus anos de adolescência.

Talvez tudo comece com coisas pequenas, como os quadros dessa mulher, disse Nagore a si mesma enquanto a rua se tornava cada vez mais íngreme, *e as coisas grandes acontecem porque não reparamos nelas.*

Poderia ter voltado para o norte, mais frio, e morar com seus pais, mas parecia uma solução patética na sua idade. Foi assim que se lançou na aventura de começar uma nova vida em Barcelona.

Estava suando muito enquanto subia a colina, então entrou numa loja para comprar uma garrafa de água. Por que usava calça comprida e sapatos fechados? *Os gatos. Foda-se.* Decidiu que no segundo dia de trabalho arriscaria usar roupas mais leves. Talvez uma saia longa...

Ao chegar à área sem turistas do Park Güell, onde não estava a mão de Gaudí, o ar fresco a reanimou.

Assim que avistou a grama, tirou os sapatos, não sem antes examinar cautelosamente o gramado: não queria pisar em cocô de cachorro.

Nagore apoiou as costas no tronco de uma árvore e olhou para trás, para o labirinto da cidade.

Fechou os olhos para aproveitar a brisa que levantava seus

cabelos. Por alguma estranha razão, naquele momento de bucólico relaxamento, em sua mente apareceu o enigmático Sort.

Aquele gato tinha aparecido do nada no café, depois de atravessar duas portas que não podia ter aberto. Então tinha passeado pelo depósito como se isso fosse a coisa mais natural do mundo. E tinha aquela frase filosófica na coleira... O gato de olhos amarelos. O primeiro que ela tocou na vida.

Nagore pôs a palma das mãos sobre a grama. Precisava acariciá-la, sentir como as estreitas folhas do gramado deslizavam entre seus dedos.

Embora lhe custasse confessar, tocar naquele bicho sereno tinha sido agradável. Um gato tão peludo era como uma bexiga cheia de ar, mas muito, muito suave.

Sort, repetiu mentalmente. Embora compreendesse pouco catalão, sabia que significava "sorte". Nagore se perguntou se aquele felino bonachão ia trazer-lhe sorte. Até aquele momento, o único afortunado era ele, que misteriosamente tinha ido parar no paraíso dos gatos.

Estava anoitecendo, Nagore calçou as botas e, enquanto saía do parque para voltar ao asfalto, foi tomada por uma ligeira sensação de placidez. Pela primeira vez em muito tempo, talvez em anos, sentia-se livre.

CAPÍTULO DEZ

São necessários dois para dançar um tango

A FOME A DESPERTOU POUCO DEPOIS DAS OITO. O estômago fez Nagore se lembrar de que, nervosa por ter que abrir o Neko Café, mal tinha comido no dia anterior.

A cozinha era um verdadeiro campo de batalha, então Nagore tentou empurrar tudo para dentro da pia, com a promessa de que a limparia naquele mesmo dia. Mas... para que se apressar? O leite fresco na geladeira era mais tentador, especialmente com um pouco de chocolate.

Faltava um bom tempo até dar a hora de sair para se encontrar com Amanda, que tinha voltado de Marrakech e propôs que fossem juntas à praia para colocar a conversa em dia. Nagore comeu uma torrada com que tinha sobrado de geleia de laranja e olhou com melancolia para a cafeteira.

O milagre dos pães e dos peixes era exclusivo da Bíblia. Pelo menos em seu apartamento, as cápsulas de café não tinham se multiplicado.

Resignada a tomar só o leite com chocolate, disse a si mesma que algumas horas na praia não eram uma má ideia. Embora tivesse que estar no trabalho às duas, antes disso brincaria com a ilusão de que estava de férias.

Como de costume, Amanda estava fantástica com seu cabelo loiro e sua pele bronzeada. Ela era toda bonita: seu corpo esbelto sem uma grama de gordura sob o biquíni âmbar, combinando com seus olhos. Usava uma bolsa azul-marinho de praia sobre sua longa saia branca.

A refrescante sombra de seu local habitual na praia de Poblenou fazia com que a pele de Nagore parecesse mais clara do que o normal e pintava olheiras em seu rosto.

— Realmente tem aspecto de... quem precisa tomar sol com urgência! — disse Amanda com uma voz preocupada. — Vamos beber uns cafés gelados e tomar sol.

Dito isso, tomou a mão de Nagore e a conduziu como se ainda fossem jovens de dezenove anos que enfrentavam tudo e todos.

O café, forte e amargo, conseguiu avivar os sentidos de Nagore.

— Obrigada — falou depois de cair em sua toalha turquesa.

Seu biquíni branco não combinava com nada do que tinha levado, mas naquele momento não havia outra opção. Naquele momento de sua vida, definitivamente não importava se alguém gostava dela. Já estava bastante ocupada para gostar de si mesma do jeito que era.

— O que achou de Marrakech? Tudo bem com...? Perdão, não lembro o nome dele. Você muda tanto de parceiro que me confundo.

— Exagerada... Marrakech é incrível, sim, mas queria que

Roberto tivesse ficado em casa. É bonito, atlético e um bom moço, mas não sei... É chato! Na cama é muito bom, mas depois não podemos conversar sobre nada.

— Bom, não se pode ter tudo — retrucou Nagore com carinho. — Do último você se queixava de que não era bom de cama. Como se chamava? Lucas? Sim, Lucas.

— Lucas era racional demais. Tão certinho que dava vontade de bater nele para ver se era de carne e osso.

Após essa breve conversa, contemplaram as ondas em silêncio durante um tempo. Nagore sorriu ao ver que Amanda, por mais bem-sucedida que fosse, estava sempre insatisfeita.

— Lucas durou dois meses, Roberto, nem isso... Você percebe que cada vez se cansa mais rápido dos rapazes? — comentou Nagore, olhando para Amanda com um sorriso zombeteiro, mexendo os olhos de um lado para o outro.

— Vamos mergulhar? Estou derretendo! — respondeu, fazendo um gesto de rejeição com a mão esquerda.

Nagore ficou de pé num pulo e correu na direção das ondas sem dizer mais nada nem esperar Amanda, que riu e gritou algo que a amiga não entendeu enquanto ia atrás dela.

Foi maravilhoso brincar nas ondas e rir e se esquecer de todo o resto. Como nos velhos tempos.

Enquanto se secavam, a praia começou a encher de verdade. Chegaram famílias com crianças, e um grupo de jovens colocou as toalhas perto delas.

Depois de se secar ao sol, Nagore virou-se e falou para Amanda:

— Obrigada por contar a Lucía sobre meus problemas financeiros. Se não fosse por vocês...

Houve uma pausa longa. Então Amanda disse:

— Não estaria rodeada de animais como uma louca dos gatos. Já me contaram.— Esforçou-se para não soltar uma gargalhada.— Eu tenho que ir vê-la! Você deixa, por favor?

— Uma coisa de cada vez, linda. Ainda estou me adaptando, e pare de zombar. Não gosto de passar as tardes lá!

Nagore estava começando a se sentir ridícula e vulnerável. Aproveitando que estava cabisbaixa, teria começado a chorar em silêncio se não tivesse sentido a mão de Amanda em seu ombro.

— Sinto muito, tá bom? Você sabe que sou como um elefante em uma loja de cristais. Ei, estou muito orgulhosa de você por ter aceitado um emprego em um café de gatos. Parabéns!

— Me dê parabéns se no final da semana eu ainda estiver lá... Hoje tenho que levar um gato no veterinário. Estou morrendo de medo, mas vou tentar. Imagine, ontem até toquei em um!

Amanda a olhou com os olhos arregalados.

— Impossível! Está brincando comigo. Você tocando em um gato? Uau! Ou melhor dizendo... miau!

Depois de olhar para o celular, Nagore disse:

— Já tenho que ir. Quero tomar um banho rápido e comer algo antes de ir para o café. Ainda está de pé o convite para sexta à noite?

— Claro! Vou tentar conseguir que Lucía venha também — respondeu Amanda, entusiasmada.— Faz tanto tempo que não saímos as três juntas...

Enquanto colocava seu vestido jeans, Amanda olhou para amiga, pensativa. Nagore pegou suas coisas e se inclinou para dar-lhe um beijo de despedida na bochecha.

— Quanto antes se esquecer de Londres e de sua vida lá, melhor — falou Amanda, sem poder se conter. — Nos últimos anos, antes que a garota dos quadros aparecesse, vocês já não estavam bem. São necessários dois para dançar um tango.

CAPÍTULO ONZE

Sete vidas por estrear

NAGORE PASSOU VINTE MINUTOS tomando um banho refrescante, refletindo sobre o que Amanda lhe havia dito. Não era que a amiga não tivesse razão, mas, afinal, tratava-se da vida de Nagore. Se quisesse viver mergulhada na dor durante anos, tinha todo o direito de fazer isso.

Perdida em seus pensamentos, acabou se atrasando e teve que correr para chegar ao café a tempo. Comeu um sanduíche no caminho para não se atrasar mais.

Quando chegou, Yumi já havia alimentado os gatos e limpado suas caixas de areia. Ela não parecia chateada com isso.

— Marquei uma consulta com o veterinário para a uma e quinze, embora fechem às duas. Você vai ter que sair imediatamente para chegar a tempo. Encontrará a caixa de transporte no depósito.

Caixa de transporte era um termo novo no vocabulário de Nagore, mas ela imaginou que era a caixa de plástico com alça que tinha visto na rua.

No entanto, Yumi se esqueceu de dizer a Nagore para não a deixar à vista dos gatos. O procedimento correto era o oposto: ir buscar o gato escolhido e levá-lo ao depósito para, uma vez fechado lá, colocá-lo dentro da caixa.

Com toda a sua ingenuidade, Nagore foi buscar a caixa de transporte e ficou com ela no meio do café para pegar Sort. Ao vê-la chegar com aquilo, os gatos se dispersaram em todas as direções como almas carregadas pelo diabo. Debaixo dos bancos, vários pares de olhos vigiavam desconfiados, prontos para fugir para qualquer lugar antes de serem capturados.

Ao vê-la perplexa com a caixa de transporte na mão, Yumi soltou uma risada.

— Sinto muito! Não falei que os gatos odeiam veterinários. Assim que suspeitam que há uma visita programada, se escondem. Vamos ver o que podemos fazer...

Yumi decidiu adiantar parte do jantar e pediu a Nagore que colocasse pequenas porções daquelas latas de que os gatos tanto gostavam nas tigelas.

Ela as colocou no centro da sala, mas os gatos eram astutos e pareciam saber exatamente o que estavam planejando.

Os minutos passaram lentamente. O primeiro a sair do esconderijo foi Cappuccino, que estava obcecado com a comida. Quando os outros viram que nada estava acontecendo, começaram a se juntar a ele, um por um.

O último a aparecer foi Sort. Ele tentou conseguir uma tigela disponível, mas parecia uma missão impossível, principalmente porque Cappuccino estava dando mordidas compulsivas em todas as que encontrava livres.

No final, Sort conseguiu comer um pouco, e Yumi aproveitou o momento para sair do balcão e se aproximar, lenta e silenciosamente, para então pegá-lo pelo pescoço.

Os outros gatos saíram correndo de novo, e Sort tentou se libertar, mas estava firmemente seguro.

— Nagore! Traga a caixa de transporte, por favor!

Conseguiram colocá-lo à força dentro da caixa. Uma vez lá, Sort parecia bastante tranquilo.

— Que gato mais pacífico! — observou Yumi. — Normalmente ficam loucos quando são enclausurados. Agora se apresse ou a veterinária vai fechar.

Nagore logo percebeu que Sort era pesado. Concentrou-se em caminhar num ritmo regular para não assustar o gato, já que não se sentia capaz de lidar com uma rebelião na caixa de transporte. Sentiu-se muito aliviada quando finalmente chegaram.

A veterinária os esperava com sua calça e sua camiseta sanitária verde. Era uma mulher rechonchuda e estava muito mais interessada na criatura dentro da caixa de transporte do que em quem a trouxera.

Enquanto abria cuidadosamente a caixa para convidar o ocupante a sair, Nagore notou que na parede estava emoldurada a página de um livro infantil: *La vuelta al año em 365 cuentos*, de Gabriel García de Oro.

A história era a do dia 27 de janeiro e, imediatamente, ao ler o título, Nagore soube por que estava ali para ser lida pelos clientes.

AS SETE VIDAS POR ESTREAR DE UM GATO MEDROSO

Era uma vez um gato medroso que não subia em árvores para não correr o risco de não conseguir descer. Não pulava muito alto, com medo de se machucar ao cair. Também não perseguia os ratos, com medo de tropeçar ao correr. Nem brincava com as bolas de lã, com medo de enrolar as patas. Nem se limpava demasiadamente, com medo de engolir muitos pelos. Nem mostrava as garras, com medo de se arranhar sem querer.

E quer saber?

*Este gato viveu muitos anos, mas quando
morreu ainda tinha sete vidas por estrear.*

Nagore ficou pensativa enquanto a veterinária fazia o exame rotineiro em Sort, que se deixava manusear com uma facilidade surpreendente. Aquela história deixara Nagore completamente desarmada.

Ela percebeu que, até pouco tempo antes, havia sido como o gato assustado, incapaz de viver sequer uma de suas vidas, se é que como humana lhe cabia mais que uma.

A voz da veterinária chegou a Nagora como um rumor distante que a assustou:

— Este gato não só está perfeitamente saudável como é formidável.

— Ah, é? — disse, atordoada.

— Nunca vi um gato como este... — comentou, olhando carinhosamente para seus olhos amarelos. — Parece que o propósito de vida dele é não incomodar. Sort é um cavalheiro.

CAPÍTULO DOZE

O que é um *ikigai*

QUANDO A PORTA DA CAIXA DE TRANSPORTE SE ABRIU, Sort rondou o café, farejando por todo lado e permitindo também que alguns colegas felinos que tinham se aproximado com interesse o cheirassem.

Nagore foi até o balcão para verificar a lista de suprimentos. Em seguida, passou um pano nas mesas, verificou se a vitrine dos bolos estava bem abastecida e se havia brinquedos suficientes para os gatos na sala. Avistou alguns presentes nas caixas de areia e os retirou. Apesar de ser apenas o seu segundo dia, ela se sentia confortável ocupando aquele lugar no mundo.

Quando tudo estava pronto, Nagore se sentou com Yumi em sua mesa habitual depois de preparar dois cafés com leite, a especialidade da casa.

— Não sei como você aprendeu a fazer isso em apenas um dia... Você tem um talento incrível para desenhar!

— Ah, não foi muito difícil... — Nagore aceitou o elogio com um sorriso. — Desenhar é a única coisa que sei fazer bem. Durante décadas, vivi de ilustrações e design gráfico... Mas acabei me cansando e parei de fazer. Se um dia eu voltar para a arte, não aceitarei encomendas.

— Eu entendo... — respondeu Yumi, pensativa. — Eu fiz um MBA nos Estados Unidos, onde conheci Lucía, e trabalhei por alguns anos na indústria hoteleira do Japão. Mas chegou um momento em que me sentia tão cansada, tão sobrecarregada, que decidi parar com tudo e procurar meu ikigai.

— O que é um ikigai? — perguntou Nagore, curiosa.

— É uma palavra japonesa que define o que faz você se sentir vivo, sua razão para se levantar todas as manhãs e seguir em frente... Às vezes é traduzido como paixão ou propósito de vida. Desde o início, sempre gostei de viver no exterior... e de gatos, então decidi gastar parte das minhas economias em uma viagem pela Europa. Quando fiz escala em Barcelona, senti de alguma forma que aqui era o meu lugar. — Yumi esboçou um sorriso triste ao recordar. — Um dia, vi um grupo de crianças dando leite a um filhote de gato na rua, neste mesmo bairro, e de repente vi a luz.

— Você encontrou seu ikigai — apontou Nagore.

— Sim... No Japão, os neko cafés existem há muitos anos e são muito bem-sucedidos, então decidi investir o dinheiro que me restava nessa aventura... Lucía me ajudou e me apresentou a Sebastián, que elaborou o projeto e encontrou pessoas de confiança para reformar o local. E como meu marido não quer se mudar por enquanto, mas respeita o meu ikigai, decidimos que em um ano vamos decidir o que fazer.

Enquanto falava, Nagore viu um brilho em seus olhos, diferente de qualquer outro. Talvez ter um ikigai acendesse uma chama no coração... Qual seria o dela?

Ainda não tinha resposta para isso. Já dava trabalho o suficiente sobreviver e não desmoronar por completo.

Depois de tomarem seus cafés com leite e compartilharem um banoffee, perceberam que algo não estava certo: a creche felina estava silenciosa demais.

Quando se levantaram, viram que o novo gato estava sentado em uma mesinha perto da janela, cercado por sete olhares curiosos. Era observado das árvores e dos bancos, e três de seus companheiros o contemplavam do chão, montando uma pequena guarda ao seu redor.

Todos tinham os olhos fixos nele, como se esperassem receber uma mensagem valiosa. Até mesmo Smokey estava lá, sentada ao lado de Chan no topo da árvore.

A conferência silenciosa continuou. Apenas algumas orelhas, caudas e pálpebras se moveram à medida que Yumi se aproximava. Quando chegou ao lado de Sort, o recém-chegado olhou para ela e emitiu um miado suave e interrogativo.

Soou tão transcendental que Nagore optou por se retirar.

Bem naquele momento, a primeira dupla de clientes apareceu e a reunião se desfez: o orador se retirou da mesa e, voltando lentamente ao anonimato, começou a comer ração.

Aquela tarde foi mais tranquila do que a anterior, e Nagore descobriu que gostava de conversar com os clientes. Ela já se lembrava dos nomes de todos os gatos e de cada uma de suas peculiaridades.

Eles também pareciam muito menos estressados do que no dia anterior, graças ao fluxo menor de pessoas.

Sebas voltou com sua carteira de couro e seu sorriso perene. Daquela vez, pôde brincar um pouco com Blue, que mais tarde decidiu se deitar em seu colo. Durante um momento mágico, a senhora rabugenta deixou de ser tão mal-humorada.

Embora fosse inconveniente para Yumi e Nagore, ficou claro que o lugar favorito de Fígaro era em cima do balcão. De lá, ele podia vigiar a sala perfeitamente e ouvir a música quando decidiam colocá-la. Sempre que isso acontecia, o gato fechava os olhos, erguia o nariz e apoiava o queixo nas patas, totalmente relaxado.

Nagore estava conversando com duas estudantes que queriam brincar com Cappuccino (que naquele momento não tinha o menor interesse em lidar com humanos, e sim em brigar com Licor, com quem disputava um lugar ao lado de Chan) quando aquele homem de preto com olhos azuis apareceu novamente.

Dessa vez, havia levado um livro e um bloco de notas, que colocou com cuidado sobre a mesma mesa que ocupara no dia anterior.

Nagore o observou por um tempo à distância. Naquela tarde, nenhum gato se aproximava dele, mas isso não parecia incomodá-lo. Quando ela se aproximou para oferecer um de seus cafés com leite, ele levantou a palma suavemente.

— Eu tomei café demais hoje... mas se tiver chá... Chá verde, talvez? — perguntou, marcando o ponto de leitura com um dedo enquanto levantava o olhar para ela.

— Temos um chá japonês muito bom. Quer experimentar?

— Sim, ótimo. — E voltou para sua leitura.

O chá logo estava pronto, e Nagore preparou algumas perguntas para acompanhar a infusão.

— Não temos biscoitos, mas tem um bolo de cenoura excelente, se quiser.

— Obrigado, mas na verdade não gosto de doces.

— Posso fazer uma pergunta?

O homem olhou timidamente para ela.

— Por que não tenta se aproximar dos gatos? Não pareceu

muito interessado neles nem hoje nem ontem... Desculpe me meter onde não sou chamada. Também não sou fã de gatos, mas trabalho aqui e o senhor, não. Então, se não gosta deles, por que...?

— Ah, não! Pelo contrário! — ele interrompeu Nagore antes que ela terminasse a frase. — Eu gosto muito deles. São a companhia perfeita para uma tarde de leitura. Não é preciso interagir com eles para aprender, basta estar em sua companhia e compartilhar do seu espaço.

— Muito interessante — disse ela sem realmente entender. — Nunca tinha pensado nisso.

— É que estamos tão acostumados a *fazer* que perdemos a arte de *ser*. E nisso os gatos são verdadeiros mestres. Quer se sentar um pouco? A propósito, pode me chamar de você. Meu nome é Marc.

Surpresa com a proposta, depois de dizer o seu nome, Nagore falou:

— Não queria incomodá-lo.

— De maneira nenhuma.

— Sou nova aqui e... bem, na verdade o Neko Café abriu ontem e têm acontecido muitas coisas — tagarelou nervosamente. — Por exemplo, ontem apareceu do nada um oitavo gato. É aquele...

Apontou para o grande gato de pelos pretos, que naquele momento estava deitado de barriga para cima no chão de madeira, com as pernas para o ar numa atitude de total confiança.

Marc limitou-se a assentir com a cabeça, como se dissesse: "na vida acontecem coisas estranhas".

Quando Nagore se preparava para ir receber alguns clientes que esperavam no átrio, Marc levantou a mão e comentou:

— Vejo que estes gatos estão disponíveis para adoção.

— Sim... Esta é a missão do Neko Café, encontrar um lar para eles.

— Bem, há algo que devem levar em conta, pelo pouco que sei sobre gatos. Não somos nós que escolhemos o gato de que gostamos, é ele que escolhe o humano com quem quer partilhar a vida.

— Então... — murmurou, brincando. — Você está esperando que o escolham?

— Algo assim.

CAPÍTULO TREZE

O tempo cura quase tudo

A MANHÃ ESTAVA AMENA E O AR QUE ACARICIAVA A janela trazia cheiro de chuva. Nagore se espreguiçou, bocejou e saiu da cama com a sensação de ter descansado profundamente. Estava surpresa com o efeito que dois dias de trabalho tinham causado nela. Dois dias de trabalho com gatos, para sermos mais exatos.

Sem outro plano para começar aquela quarta-feira, finalmente decidiu lidar com o caos da cozinha e da sala: depois de um café da manhã com um ovo cozido e duas torradas com queijo, ela dedicou algumas horas para limpar e organizar tudo.

Antes que chegasse a hora de falar com seus pais pelo Skype, tomou um banho rápido para se livrar da sujeira.

— Nago, como você está, querida? Já faz tanto tempo desde a última vez que nos falamos!

No começo, a voz da mãe parecia muito distante; depois ficou melhor e seu rosto com óculos de leitura apareceu na tela do computador.

— Foram apenas duas semanas, mãe... tive muitos assuntos para resolver. Aliás, bom dia! — saudou Nagore com um sorriso.

Não importava se passassem dois dias ou duas semanas entre as ligações via Skype, para sua mãe, sempre parecia uma eternidade.

Também não importava se entre essas chamadas elas tivessem se falado pelo WhatsApp ou por telefone. O Skype era uma ferramenta semipresencial.

— Papai está por aí? — perguntou Nagore, preocupada.

— Logo vai estar. Ele está no banheiro. Você precisa de alguma coisa, filha?

— Não, não, estou bem.

— Espere. Lá vem ele, pai...

Sua mãe desapareceu por um momento e imediatamente os dois ressurgiram na janela do Skype.

— Olá, querida, como estão as coisas? Já encontrou trabalho? — indagou seu pai com a voz envolta em um zumbido.

A pergunta sem preâmbulos fez Nagore sorrir... Seu pai sempre fora direto ao ponto.

— Sim, tenho um emprego... Mas não é o que esperariam... Nem o que eu esperava, mas a vida é assim mesmo, não acham?

Em seguida, Nagore contou em detalhes tudo o que havia acontecido desde aquela ligação de Lucía na sexta-feira de manhã. Depois de ouvirem o relato até o fim, seus pais se olharam com preocupação, envoltos num silêncio denso.

Seu pai finalmente decidiu quebrá-lo:

— Então... Imagino que seja um trabalho temporário, até que você encontre algo decente.

— O que você entende por "trabalho decente", pai?

Silêncio novamente. Nagore tinha papel e lápis à mão e, seguindo seus velhos hábitos, rabiscava para aliviar o estresse que seus pais estavam começando a causar.

— Não se ofenda, Nago — interveio a mãe —, entendo que seja uma espécie de terapia para superar seus medos. É bom resolver as coisas, não é, pai? — disse, olhando para o marido, que estendeu os braços e fez cara de desacordo, embora não pudesse dizer nada.

— Ganho mil euros por mês e tenho as manhãs livres — defendeu-se Nagore. — Se não fosse assim, não estaria falando com vocês.

Aquele foi o momento escolhido por seu pai para opinar. Ele se achava um especialista em números, embora tivesse fama de mesquinho onde morava.

— E quanto você paga de aluguel?

— Seiscentos euros, vocês já sabem. O preço é baixo porque o dono tem muitas coisas aqui. Ele voltará em sete meses e precisa de seu apartamento.

— Não me parece tão baixo — contra-atacou o pai. — Sobram quatrocentos euros para pagar contas e comer...

— Você está se alimentando, filha? — acrescentou a mãe, alarmada. — Podemos enviar dinheiro se...

— Aceitaria apenas como um empréstimo se depois puder devolver cinquenta euros por mês — disse Nagore, engolindo o orgulho.

Aquilo provocou uma nova discussão que ela acabou vencendo. Uma mulher com quase quarenta anos não podia viver às custas dos pais aposentados.

Quando desligou, Nagore ficou sentada na sua escrivaninha sentindo um misto de alívio e tristeza. Cada vez que falava com eles, os via mais velhos e a vida "alternativa" que ela levava, por assim dizer, não contribuía exatamente para que eles tivessem paz.

Para relaxar, começou a examinar seus esboços. Já fazia quase um ano desde que havia parado de desenhar, mas, aparentemente, sua mão havia se movido por conta própria enquanto conversava com os pais. Tinha rabiscado rostos de gatos com grandes bigodes (*um efeito colateral da preparação daqueles cafés*, pensou), bem como um gato de rosto negro e bondoso que levava uma moeda no pescoço.

Decidiu investigar um pouco as palavras gravadas na coleira de Sort. Parecia se tratar de um texto escrito em 1934 por um teólogo estadunidense, Reinhold Niebuhr, que era usado no programa de doze passos dos Alcoólicos Anônimos.

Isso a fez pensar em Owen e nas violentas brigas que tiveram nos últimos anos. Antes de descobrir sua infidelidade, ele tinha um verdadeiro problema com a bebida e nunca quis admitir.

Nagore acariciou com a mão esquerda o desenho que havia feito e disse a si mesma: *Há coisas que não posso mudar, porque não dependem de mim mesma... Mas, por sorte, outras sim.*

CAPÍTULO CATORZE

O bálsamo da soneca

A SEGUNDA SEMANA DE VIDA DO NEKO CAFÉ deu lugar a uma grande notícia: a adoção de Blue. A residente rabugenta de pelagem cinza-azulada havia encontrado um lar permanente no colo de Sebas.

Um milagre como aquele não se gestava em poucos dias. Sebas frequentara o Café diariamente desde o início das obras. Na fase final, enquanto instalavam a máquina de café e faziam ajustes na pia e nos fundos da loja, os gatos já corriam por ali. Yumi queria que se acostumassem ao lugar antes de abrir as portas ao público.

Blue não tinha uma personalidade fácil. Era precisamente por isso que Sebas gostava de encontrar maneiras de entreter a gata. Acostumado aos desafios, acabou conquistando o coração daquela dama antipática.

Aquele final feliz ensinou a Nagore uma importante lição: por mais diferente que você seja, mesmo sendo o gato mais arisco da tribo, sempre haverá alguém que te amará como você é.

A história de Blue a fazia lembrar de uma música de Miguel Ríos que sua avó costumava ouvir quando era pequena:

Não estás só,
alguém te ama na cidade.

Aquela tinha sido uma lição de autoconfiança muito reconfortante: se até aquela rabugenta incorrigível havia encontrado sua alma gêmea, ninguém estaria a salvo do amor.

Yumi estava cheia de orgulho, como se tivesse ganhado um grande prêmio: era o primeiro gato do café a encontrar um lar. Definitivamente, duas vidas estavam prestes a mudar.

Nagore estava tão acostumada à presença de Blue que naquele dia se pegou mais de uma vez procurando-a pela sala. No tempo que haviam compartilhado, tinham se tratado com respeito: Blue respeitara Nagore porque ela lhe dera comida durante quase duas semanas, e Nagore respeitara Blue pela sua fama de agressiva.

Nunca tivera coragem de tocar nela, nem mesmo quando Blue desenhava repetidamente o símbolo do infinito aos seus pés, numa tentativa de conseguir mais comida.

Quando Blue se foi, os gatos se comportaram de forma estranha durante toda a tarde.

Chan dava voltas pela sala, farejando por todos os lados e miando aqui e ali: ele e Blue costumavam dormir juntos, e parecia que o gato estava preocupado por não encontrar sua colega de sonecas.

O bigode de Fígaro parecia mais triste e caído. Durante toda a tarde, ele não se moveu da árvore de onde observava atentamente a rua, como se esperasse que, a qualquer momento, a fera azul voltasse. Não abandonou seu observatório nem mesmo quando Yumi colocou um disco de Lang Lang para tocar.

Sherkhan, o gato tigrado, ficou dando voltas por um bom tempo e depois se acomodou em um dos níveis baixos da árvore, imóvel. Talvez tentasse assimilar o que tinha acabado de acontecer.

Finalmente, ao perceberem que sua companheira não estava

voltando, os sete gatos se deitaram para dormir, alheios às atenções dos clientes que enchiam o local.

— Nunca subestime o poder de uma boa soneca — disse Yumi para Nagore, traduzindo o comportamento dos gatos.

Apenas Licor parecia estar disposto a brincar um pouco com os humanos, mas se cansou muito antes do habitual.

Com todos os clientes servidos, Nagore e Yumi compartilharam um chá gelado no balcão.

— Por que você acha que os meninos precisam dormir tanto esta tarde? — perguntou a japonesa de repente.

— Lembro-me de um fragmento da Bíblia, na aula de religião, que explicava isso — respondeu Nagore depois de pensar um pouco. — Há um episódio em que Jesus e os apóstolos estão cruzando um lago em um barco quando uma tempestade começa e ameaça afundá-los. Diante desse perigo, Jesus se deita para dormir. Os apóstolos não entendem por que havia escolhido bem aquele momento para descansar e perguntam...

— Sim, eu entendo — interrompeu Yumi. — Se não depende de alguém naufragar ou se salvar, o melhor é tirar uma soneca. Quando você tenta agir no meio do caos, muitas vezes só consegue estragar ainda mais as coisas.

— Isso é totalmente verdade — respondeu Nagore, admirada. — Não é isso que o medalhão de Sort diz? É preciso saber distinguir o que depende de nós e o que não.

A japonesa encheu novamente os copos de chá gelado e lançou um olhar para a clientela decepcionada. Eles pagariam para ver os gatos dormindo.

— Os felinos são especialistas em dormir, e essa é uma das formas de se recuperarem de traumas — disse Yumi àquela que considerava sua amiga. — Embora nunca tenham realmente gostado de Blue, já que ela nunca os deixou se aproximar, exceto o mestre Chan, eles sentem que um deles se foi. E é como se isso colocasse todos em perigo. A ordem de seu pequeno universo foi quebrada.

— Seria ótimo ter esse superpoder, não acha? — refletiu Nagore, antes de morder um biscoito. — Lidar com o estresse dormindo. Acho que estou começando a apreciar a sabedoria dos gatos.

A tarde passava lentamente, como se as próprias horas estivessem dormindo. Outros convidados chegaram para substituir os anteriores e Nagore sentia uma crescente inquietação. A hora em que Marc costumava aparecer já havia passado e ele não iria mais.

Para encerrar uma tarde exaustiva, os clientes do último turno eram bastante exigentes: achavam o café muito forte ou muito fraco e não paravam de acordar os gatos.

Em meio a tudo isso, Nagore descobriu que estava sendo tomada por sentimentos de cansaço e mau humor. *Talvez eu tenha herdado isso de Blue!*, chegou a pensar. Seguindo o que ela batizou como a primeira lei felina para a vida, "seja autêntica de coração", permitiu que o mau humor fosse seu companheiro pelo restante do dia de trabalho, sem se forçar a sorrir ou fingir nada.

Essa decisão lhe proporcionou um pouco de alívio e sua irritação começou a diminuir para níveis aceitáveis. Quando achava que estava prestes a perder a paciência, olhava para a imagem tranquila de Sort, de pé em uma das prateleiras, e repetia para si mesma: *Diante de tudo, muita calma.*

Faltando dez minutos para fechar, o telefone tocou. Era estranho, pois normalmente ninguém ligava tão tarde.

Yumi atendeu a ligação e, em seguida, gesticulou para Nagore, que estava do outro lado do café limpando as mesas.

— Nagore, é para você!

Ela se aproximou do balcão cheia de curiosidade, não imaginava quem poderia ser. Ao ouvir a voz do outro lado, no entanto, reconheceu imediatamente.

— Marc?

— Sim... Você ainda está aí?

— Claro que sim, não estou falando com você? — perguntou, estranhando. — Você tinha uma reserva para hoje, mas não apareceu. Está tudo bem?

— Eu preciso falar com você, Nagore. Podemos nos encontrar?

— Hum... — murmurou, surpresa. — Nos vemos amanhã?

— Pode ser esta noite?

Nagore começou a pensar que algo estava realmente errado.

— O que está acontecendo, Marc?

— Eu preciso explicar pessoalmente. Por favor, podemos nos encontrar daqui a meia hora no La Fourmi? Fica perto do Neko Café, você só vai levar dez minutos para chegar depois que fechar.

— Está bem.

Nagore respirou fundo, tentando aproveitar por alguns segundos a calma dos gatos, capazes de se recuperar de qualquer dificuldade com uma boa soneca.

CAPÍTULO QUINZE

O mistério de Marc

MARC A ESPERAVA NAQUELE BAR CALIFORNIANO, apesar do seu nome francês, diante de uma garrafa de cerveja Punk IPA. Ele vestia um terno preto e uma camisa branca e deixou sua gravata verde-escura em cima da poltrona que tinha reservado para Nagore.

— Por que está usando terno? — perguntou Nagore depois de cumprimentá-lo com dois beijos. — Está vindo de um funeral?

— Quase, mas por sorte não... Sou advogado e acabei de passar por um julgamento cansativo que durou muito mais do que esperava.

— Um julgamento?

— Sim, eu participo deles com muita frequência. Trabalho para uma ONG que defende inquilinos que estão prestes a perder sua casa por causa da gentrificação.

Nagore tinha ouvido essa palavra pela primeira vez em Londres, em referência a bairros de onde os moradores da classe trabalhadora são expulsos para que turistas ou pessoas com maior poder aquisitivo fiquem com os imóveis.

— Mas não chamei você para falar sobre isso — disse Marc, apressado. — O que quer beber?

Embora já fizesse muito tempo que não bebia, Nagore sentiu

curiosidade por aquela cerveja de rótulo azul com um nome tão contundente.

— O mesmo que você.

Marc levantou sua garrafa e o garçom, que era muito parecido com Freddie Mercury, indicou com o polegar que tinha entendido. Antes que a cerveja gelada chegasse à sua mesa, o advogado decidiu que chegara a hora de confessar.

— Fui eu quem deixou o gato preto com vocês.

Nagore ficou sem palavras. Quando o garçom chegou com a Punk IPA, deu um bom gole. Era mais amarga do que qualquer outra cerveja que já havia experimentado.

— O gato do banheiro, lembra? — continuou Marc. — Eu fiz isso. Eu o deixei lá.

— Bem... — murmurou, tentando escolher suas palavras. — Deixar um gato em um sanitário não é a maneira mais ortodoxa de colocar um gato para adoção, mas nós já estamos cuidando dele.

— Eu percebi e agradeço a vocês por isso. Esse gato significa muito para mim.

— Então por que o abandonou lá? — questionou Nagore, tentando disfarçar a raiva. — A vida dele seria muito melhor com você.

— Eu não posso ficar com ele. Meu contrato de aluguel proíbe expressamente ter animais em casa. E não posso arriscar perdê-lo. É um aluguel antigo, pois minha mãe morava lá. Com meu salário de advogado em uma ONG, eu não posso ter um apartamento em Barcelona. — E, mudando de tom, perguntou ansioso: — Você acha que alguém vai adotar Sort?

Naquele momento, Nagore não conseguiu mais se conter.

— Por que isso importa para você? Você o abandonou lá!

— Ele é importante... E não só para mim.

Depois de tomar um longo gole, Marc aproximou seu rosto do dela e começou a explicar em voz baixa.

— Cerca de dois anos atrás, eu conheci um velho que morava em uma casa muito modesta em Vallvidrera, perto das florestas do Tibidabo. Eu costumava ir lá de bicicleta até que sofri um acidente. Caí numa curva e bati a cabeça em uma rocha afiada, o que me deixou com um ferimento. Eu tinha o mau hábito de sair para pedalar sem celular, então bati na primeira casa que encontrei.

O segundo gole de cerveja de Nagore não foi tão amargo. Estava atenta à história.

— Era uma casa muito pequena com um jardim que parecia uma selva — continuou Marc. — Seu dono se chamava Elías, um homem mais velho, muito gentil, de barba e cabelos brancos. Ele tinha as costas curvadas e se movia com dificuldade. Quando jovem, trabalhava como socorrista e mantinha um kit de primeiros socorros, então me ajudou a me limpar e eu pude ligar para um médico de seu telefone. Desde então, além de sempre levar o celular, comecei a visitá-lo todos os domingos para ver como ele estava.

— Deve ter sido uma bênção para ele — comentou ela, comovida.

— E para mim. Acabei me apegando muito a esse velho… e, pelo visto, ele também a mim. Acho que ninguém mais ia visitá-lo, pelo menos de forma regular. Tinha montes de livros e costumava dizer que eles e um gato silencioso e muito bom eram tudo de que precisava para se sentir acompanhado.

— Era Sort? — perguntou Nagore, embora fosse uma obviedade.

— Sim, e tratava-o como a um amigo. Elías fez para ele a coleira com a medalha. Há cerca de três semanas fui ver o velho e, embora a porta estivesse aberta, não o encontrei lá. O gato estava no parapeito do quarto, olhando pela janela como se aguardasse o regresso do seu dono. Não podia deixá-lo naquele lugar, estava muito sozinho e com fome.

— O que você fez então?

— Deixei-o algumas noites na casa de um amigo e depois li no jornal do bairro que iam abrir um café de gatos, por isso decidi levá-lo lá. Tinha medo de que o rejeitassem e não tinha ideia do que fazer. Podia ter ligado para a câmara municipal, para ver o que se faz nesses casos, mas optei pelo caminho mais fácil, e por isso o deixei no banheiro num momento em que estavam ocupadas. — Marc juntou a palma das mãos. — Sinto muito ter causado problemas... Por favor, me desculpem.

— Que história! Lembro que você levou uma caixa, sim... Mas nunca teria imaginado que lá dentro havia um intruso. Por que você não conta isso para Yumi também? Eu sou apenas funcionária do café, ela é a proprietária...

— Tenho observado Sort durante as últimas duas semanas, e ele gosta muito de você.

— Como assim?

— Tenho um bom olho para isso, quando era pequeno havia muitos gatos em casa. Sort é mais próximo de você do que de Yumi, por isso queria vê-la. Hoje finalmente localizei o seu antigo dono. Está internado no hospital Vall d'Hebron, e vou visitá-lo amanhã.

— E? — Nagore continuava sem entender nada.

— Gostaria que viesse comigo ver Elías. Não amanhã, mas outro dia da semana, se for possível.

— Por quê?

— Porque você é a pessoa mais próxima ao querido gato dele — explicou Marc com paciência —, e tem que lhe dizer como ele está.

— E você, que tem ido ao café todos os dias desde que empurrou o gato para nós, não pode fazer isso?

— É um favor... Sort escolheu você, não eu.

CAPÍTULO DEZESSEIS

Os olhos do Buda

NO AUGE DE UMA ONDA DE CALOR que havia começado dois dias antes, os gatos e os humanos estavam com muita sede, tanto que o café ficou sem refrigerante. Nagore chegou ao mesmo tempo que o pedido e ajudou a guardar as bebidas e o gelo. Ficou feliz ao encontrar, além de sua chefe, dois instaladores de ar-condicionado.

— É ótimo que finalmente tenha chegado! — afirmou Nagore em tom de celebração enquanto a abraçava.

Yumi era muito carinhosa para ser japonesa, ela mesma dizia, mas aquele gesto inesperado de carinho a pegou de surpresa e a fez pular como um gato assustado.

As duas riram com vontade.

— Acho que preciso de mais tempo para me acostumar com abraços inesperados... — esclareceu Yumi, desconcertada. — Sabe quem vai vir hoje? Lucía fez uma reserva para esta tarde. Estou ansiosa para vê-la!

— Ah! Isso é fantástico...

Por alguma razão, a notícia não entusiasmou Nagore. Já fazia quase uma semana que as três tinham saído juntas, mas ela se sentiu tão distante das conversas de suas amigas naquela noite que desde então não se falaram mais.

Depois de encher as geladeiras, Nagore cuidou dos gatos. Eles estavam muito agitados com os ruídos que os instaladores faziam enquanto perfuravam a parede. Os felinos estavam com tanto medo que todos se refugiaram no pequeno corredor do banheiro. Yumi levou algumas almofadas para lá. Pareciam muito estressados e tentavam ficar o mais juntos possível. Chan e Sort estavam eretos no centro, olhando para a sala como se estivessem guardando a entrada do corredor.

Essa talvez tenha sido a segunda vez que Nagore via Smokey interagindo com tantos gatos de uma vez.

Uma vez instalado, o ar-condicionado reduziu rapidamente os 30 graus para aceitáveis 24. Os próprios gatos pareciam aliviados e se mostraram muito mais ativos quando os clientes começaram a chegar, em comparação com os últimos dias, em que se arrastavam derretidos pelo calor.

Yumi e Nagore tinham certeza de que, com esse ambiente mais agradável, o Neko Café começaria a encher todos os dias.

As primeiras clientes daquela tarde foram três garotas extravagantes que conversavam animadamente e indicavam umas às outras, com gestos histéricos, onde estavam os diferentes gatos.

— Meninas! Olhem, olhem! — gritava uma delas dando tapinhas. — Lá está Jiji!

Nagore foi em direção à mesa delas para pedir que não fizessem barulho. A que tinha gritado se desculpou e explicou que o desajeitado gato preto de olhos verdes era igual a Jiji, um personagem de seu filme favorito.

Como Nagore sempre evitara ver filmes em que aparecessem gatos, ouviu a garota sem saber do que ela falava.

— Que filme é esse?

— O *Serviço de Entregas da Kiki* — responderam as três garotas ao mesmo tempo.

— É uma animação do estúdio de Miyazaki — esclareceu a primeira. — Foi ele que fez *Meu Amigo Totoro*... ou *A Viagem de Chihiro*.

— E o que acontece nesse filme? A propósito, essa gata se chama Smokey — disse Nagore, apontando para a felina em questão, que as observava a uma distância prudente debaixo de outra mesa.

— É um filme sobre uma jovem bruxa — explicou a mesma garota que tinha gritado — que se chama Kiki e precisa encontrar um lugar onde praticar seus poderes para passar no exame de seu último ano. Jiji é seu gato e a ajuda em sua missão. Ele se parece muito com esse...

Ao ser apontada, Smokey iniciou uma de suas corridas meteóricas, escorregando pela mesa das garotas para continuar correndo até o fundo da sala.

— É possível que Smokey venha brincar com vocês se usarem um daqueles bastões longos que têm um rato na ponta — recomendou Nagore.

As garotas aceitaram o conselho e, em poucos minutos, Smokey estava dançando ao redor delas, pulando para cima e para baixo, esforçando-se para pegar o rato.

Marc não apareceu naquele dia também.

Nagore percebeu que, por mais absurdo que parecesse, sentia falta dele. Embora fosse uma história muito triste, tinha gostado de ouvir o relato na noite anterior.

Decidiu que, se Marc estivesse livre na sexta-feira de manhã, o acompanharia na visita ao velho no hospital.

Suas amigas chegaram como um ciclone por volta das sete e meia. Nagore e Yumi sentaram-se um pouco com elas.

— Lucía, tenho que agradecê-la por me recomendar Nagore. Ela é maravilhosa com os gatos!

As três começaram uma conversa maluca em que acabaram concordando, apesar do embaraço de Nagore, que as paredes do Neko Café seriam um bom lugar para pendurar seus desenhos e suas pinturas.

— Ainda não voltei à ativa, mas obrigada pela ideia, Lucía. Você sabe, desde que deixei a galeria em Londres, tenho aversão a tudo o que tem a ver com arte... até mais do que aos gatos.

— Não diga isso! — interveio Amanda. — Você superou isso mais rápido do que se diz "miau".

Ela riu da própria piada enquanto as outras a acompanhavam.

— Não precisa ter pressa. — A japonesa foi em seu socorro. — Cada coisa a seu tempo, certo, Nagore? Tentamos aprender com a serenidade dos gatos.

Naquele momento, ela se sentia mais próxima de Yumi, como se ambas compartilhassem um segredo que as outras duas mulheres ignoravam.

— Disseram que você prepara cafés com leite espetaculares — falou Lucía. — Você pode me servir um?

— E outro para mim! — pediu Amanda.

— Enquanto os prepara, vou buscar um pequeno presente que trouxe para comemorar o fato de que está trabalhando aqui — disse Lucía, emocionada.

Da máquina de café, Nagore observou suas amigas. Apenas Amanda estava fascinada pelos gatos, chegou até mesmo a chamar um ou dois deles para acariciá-los, mas eles não ligaram.

Licor se aproximou, porém, quando viu a mão de Amanda se aproximando dele, deu um grande salto com as quatro patas e saiu correndo para cima.

Quando Nagore serviu os cafés com bigode na mesa, Lucía e Amanda ficaram maravilhadas.

— Incrível! — elogiaram.

— Sim, ela tem um grande dom — pontuou Yumi com orgulho.

Lucía então tirou um envelope de sua bolsa e entregou a Nagore.

— Olha o que eu encontrei para você... Não é nada demais, apenas um colar, mas acho que você vai gostar.

Nagore abriu o papel de seda cor de madrepérola, contudo não encontrou nada dentro.

— Hum... Lucía, está vazio.

— O quê? — exclamou, tirando a embalagem dela. — Não posso acreditar! Deve ter caído em algum lugar. É impossível. Ultimamente tenho perdido tantas coisas...

As quatro mulheres começaram a olhar ao redor da mesa, fazendo círculos cada vez mais amplos. Pouco depois, todos os convidados do café se juntaram à busca, procurando ao redor de suas mesas por um colar com um medalhão de prata. Eles também vasculharam o corredor do banheiro e até o átrio, mas não encontraram nada.

Lucía estava desolada.

— Sinto muito, Nagore... Vou tentar conseguir outro. Que pena!

— Não se preocupe, querida — disse Nagore, segurando a mão dela entre as suas. — Se realmente me pertence, com certeza aparecerá.

Quando todo mundo foi embora, Nagore estava exausta.

Tinha sido um dia muito longo. Além do frescor do ar-condicionado, os gatos pareciam aliviados por estarem sozinhos e começaram a brincar como se o dia estivesse apenas começando.

Smokey estava sonolenta em uma mesa perto do balcão, mas, como de costume, observava tudo com um olho entreaberto. Nagore havia concluído que aquela gata nunca dormia, estava sempre pronta para a ação. Quando se é um felino, nunca se sabe o que pode acontecer.

De repente, como se tivesse visto alguma presa, Smokey pulou da mesa para o chão. Ela se esticou enquanto andava ao lado da entrada, então se esgueirou entre a janela e a árvore de gatos perto da rua.

A gata começou a brincar com algo no chão. Nagore percebeu um brilho entre as patas dela e se aproximou lentamente para não a assustar: elas ainda não se tocavam. Quando sentou ao seu lado, Smokey levantou os olhos para ela e miou. Então correu até a outra extremidade da sala.

Ao olhar para onde a gata estava brincando, viu uma fina corrente de prata com um pingente. Nagore o virou e viu o símbolo dos olhos de Buda: duas sobrancelhas, dois olhos, um nariz estilizado em espiral entre os olhos e, entre as sobrancelhas, um ponto que simbolizava o terceiro olho.

Não podia acreditar!

Smokey havia encontrado o colar. Nagore enviou a foto para Lucía.

NAGORE:

Este é o pingente que estávamos procurando?

A resposta não demorou a chegar.

LUCÍA:

É para você nunca mais perder o rumo! Fico muito feliz que o tenha encontrado!

"Foi Smokey que encontrou", começou a escrever, mas então percebeu que o fato de que a gata tinha encontrado o pingente perdido só importava a ela.

Definitivamente, Smokey possuía uma qualidade mágica. Com sua atitude curiosa, parecia estar dizendo: "Preste atenção e você encontrará oportunidades em todos os lugares".

CAPÍTULO DEZESSETE

As cartas do professor

ENQUANTO O ELEVADOR SUBIA LENTAMENTE, Nagore conseguia ouvir as batidas de seu coração.

Ela estava usando o colar para lembrar-se de estar presente. Combinava estranhamente com os tênis brancos, a calça jeans e a blusa laranja. Ela se olhou no espelho enquanto Marc respondia mensagens em seu celular. Talvez já estivesse na hora de cortar o cabelo novamente, estava muito comprido.

Depois de sair do elevador no segundo andar, eles se dirigiram ao quarto 201. A porta estava meio aberta, então entraram sem bater.

Uma das camas estava vazia e a outra era ocupada por um ancião careca com uma longa barba branca. Ele estava dormindo. Através do pijama azul entreaberto no peito, era possível ver o movimento lento do seu torso ao respirar.

Decidiram ir buscar um chá ou um café em uma máquina no final do corredor. Quando voltaram, o homem já estava acordado.

— Marc... — Seus olhos castanhos brilharam enquanto seus braços convidavam para um abraço. — Fico feliz em vê-lo, obrigado por vir!

— Olha quem veio comigo! — disse Marc com um sorriso. — Apresento-lhe Nagore, ela trabalha no café onde deixei Sort.

Nagore saudou o velho e sentou-se ao lado da cama. Ele segurou sua mão e durante meio minuto não disse nada. Apenas examinou o rosto da garota. Parecia muito contente.

— Quando Marc me contou como conseguiu colocar Sort em seu café de gatos, achei que fosse morrer de rir — disse finalmente.

— Isso foi uma ótima surpresa! — Ao tentar rir, foi tomado por uma tosse seca, como se estivesse sem ar. — Poderiam me dar um copo d'água, por favor?

Nagore passou-lhe o copo que estava na mesinha de cabeceira, enquanto Marc aproximava uma cadeira para se sentar com eles.

— Está se sentindo melhor, Elías? — perguntou ao sentar-se.

— Na minha idade, o termo "melhor" é muito relativo. Quando tiver noventa e oito anos, vai perceber que já é uma vitória estar vivo. Em alguns dias consigo me mexer, mas nos outros fico na cama. Essas são as minhas opções.

Um novo ataque de tosse o fez se calar. Depois levou a mão ao peito, tentando fazer com que mais oxigênio chegasse aos seus pulmões.

— Elías — disse Nagore, vencendo a sua timidez e percebendo que era melhor que o idoso não falasse —, Sort manda seus cumprimentos. Ele é um gato tão respeitoso e tranquilo... Nós o levamos ao veterinário há algumas semanas e está tudo bem. Ele não fez grandes amigos no Neko Café, mas parece que também não precisa deles.

— Claro que não... — murmurou com um fio de voz. — Sort é muito independente. Embora seja verdade que eu gostaria de vê-lo de novo.

Elías voltou a tossir, mas menos do que antes. Pediu a Marc e Nagore que lhe ajustassem as almofadas. Depois bebeu um pouco de água e recostou-se numa posição confortável. Parecia ter recuperado alguma energia.

— Desde que me lembro, sempre vivi com gatos. Logicamente, mais cedo ou mais tarde acabavam por me deixar para ir caçar ratos e lagartixas no céu. Antes de me aposentar, ensinava literatura numa escola secundária. Também havia uma colônia de gatos lá, num terraço superior que não era usado, e eu cuidava deles... — Os olhos de Elías brilhavam, emocionados com aquela viagem ao passado. — Um bom livro, um chá quente e um gato no meu colo... Pode haver mais felicidade neste mundo?

— E mantém contato com seus alunos? — perguntou Nagore docemente.

— Com muitos deles — respondeu, orgulhoso. — No final de cada ano, dava-lhes o meu endereço para me escreverem cartas. Não respondo a e-mails nem coisas do gênero. Mas se alguém se dá ao trabalho de me escrever umas linhas num papel, colocá-lo num envelope, anotar o meu endereço e levá-lo ao correio, eu respondo com todo o meu carinho.

Marc e Nagore aproximaram um pouco mais as cadeiras para ouvir melhor o idoso, cuja voz tremia.

— Guardo todas essas cartas... da primeira à última. Tenho uma maravilhosa coleção de cartas manuscritas. Quando estou desanimado, as releio e minha vida volta a se encher de cor e frescor. Às vezes as leio para Sort. Ele conhece todas as anedotas de cor.

Nagore sorriu ao imaginar aquele gato abrindo seus olhos amarelos enquanto o velho Elías lia as missivas.

— Há um livro maravilhoso sobre o poder das cartas — refletiu em voz alta antes de pedir água de novo. — O livro é de Ángeles Doñate e se chama El Invierno que Tomamos Cartas en el Asunto. Trata de um povoado onde estão prestes a eliminar o cargo do carteiro. Para evitar que isso aconteça, os vizinhos começam a se mandar cartas para contarem suas vidas uns aos outros. Me fez chorar!

Enquanto explicava tudo isso, Elías parecia muito pálido e pequeno.

— Você precisa descansar um pouco — disse Marc, colocando a mão em seu ombro. — Deve poupar energia para o próximo dia que viermos visitá-lo, certo, Nagore?

Ela assentiu com a cabeça enquanto segurava a mão de Elías, que a olhou com ternura.

— Voltem logo, faz bem ter gente jovem por perto — falou num sussurro.

Então seus olhos, por vontade própria, se fecharam de cansaço.

CAPÍTULO DEZOITO

Um tesouro enterrado

NO DOMINGO DE MANHÃ, Nagore embarcou na caótica busca por um caderno vermelho que havia comprado em Londres como um presente de despedida para si mesma. Inspirada pelo olho de Buda e pela atenção de Smokey, finalmente conseguiu localizar seu tesouro em uma fileira de livros. Então percebeu que também precisava de algo para escrever. Isso a obrigou a iniciar outra ronda pelo apartamento em busca de ferramentas de escrita, não importando sua cor.

Quando finalmente se sentou no sofá, encontrou a lista de prós e contras de trabalhar no Neko Café. Aquilo parecia muito distante. Tantas coisas tinham acontecido... Continuava sendo uma garota solitária com medo de envelhecer sem ter realizado seus sonhos, mas algo dentro dela estava mudando.

Abriu o caderno vermelho e, após acariciar suas suaves páginas em branco, pegou um lápis de desenho. Precisava traçar linhas, dar forma a todas aquelas mudanças que estavam fervilhando dentro dela. Embora não conseguisse colocar em palavras, nas últimas três semanas tinha vivido tantas coisas que mal se reconhecia.

Começou com o esboço de um nariz pequeno, dois olhos claros em forma de amêndoa, duas orelhas. Em seguida, acrescentou um rosto de guaxinim e os bigodes de gato. Colocou um reflexo de luz nos olhos e o rosto ficou muito vívido quando terminou. Depois escreveu:

Seja autêntico de coração
(não importa o que os outros pensem).

CAPPUCCINO

Mais abaixo desenhou uma pelagem escura com um nariz preto e brincou com os contrastes para que olhos grandes e brilhantes se destacassem na escuridão.

Após três semanas convivendo quase todas as tardes com eles, conseguia visualizar perfeitamente cada um dos gatos. Quando terminou aquela segunda ilustração, escreveu abaixo:

Aceite tudo com serenidade.

SORT

Muito contente com aquelas duas criações, continuou desenhando. Chegou a vez de um rosto branco e peludo com um olhinho bom meio aberto, o que lhe dava uma expressão sonhadora. Apoiava esse rosto pacífico nas patas cruzadas, olhando para o horizonte. Anotou a frase abaixo:

Tire uma folga
(uma boa soneca pode diminuir
os problemas).

CHAN

Cada vez mais empoderada, Nagore virou a página e desenhou outro gato. Ele também era negro, mas muito menor e mais magro que o imperial Sort. Sua frase era:

Preste atenção e encontrará oportunidades em todos os lugares.

SMOKEY

Quatro dos sete mestres estavam imortalizados em seu caderno, pensou Nagore com orgulho. Colocou o bloco de notas na posição vertical, apoiado na caneca, e admirou sua obra como um todo.

Como uma gata pronta para tirar sua soneca dominical, esticou-se no sofá e pensou que havia duas coisas que não conseguia compreender: em primeiro lugar, por que costumava odiar tanto os gatos e, em segundo lugar, por que havia parado de odiá-los. Nada fazia sentido.

Percebia que superar aquele bloqueio havia trazido agradáveis surpresas para sua vida. Considerou que talvez não fossem os gatos que odiava antes, mas sua antiga maneira de ser, seu papel de vítima, seus medos e a espiral de hábitos e pensamentos negativos.

Sem se levantar do sofá, pegou um antigo exemplar de *CuerpoMente* que Amanda havia trazido de um arquivo de revistas de crescimento pessoal. Ela o esquecera lá, algo muito típico dela.

Tinha um post-it em um artigo de Juli Peradejordi, encabeçado por um espantalho. Ela começou a ler distraidamente, mas uma reflexão capturou imediatamente sua atenção:

Ele me contou o verdadeiro significado do espantalho. É verdade que no início assusta as aves, porque se assemelha a um agricultor que pode tentar matá-las para que não comam as sementes. No entanto, quando superam o medo, surge a oportunidade, já que o espantalho indica exatamente o local onde podem encontrar alimento. Não é fabuloso? Debaixo dos nossos medos está o tesouro que estamos procurando.

CAPÍTULO DEZENOVE

Alongamento emocional

EMBORA O NEKO CAFÉ ESTIVESSE CHEIO TODOS OS DIAS, não houve nenhuma outra adoção, mas Sebas vinha de vez em quando para contar como estavam as coisas com Blue.

Todas as tardes, meia hora antes de abrir, Nagore e Yumi seguiam o ritual de tomar um copo de chá verde gelado enquanto atualizavam uma à outra sobre suas vidas. Enquanto conversavam, Sort as observava de um banco próximo, mexendo ocasionalmente as orelhas, como se entendesse o que estavam dizendo.

Os outros gatos, espalhados por toda a sala, estavam muito ocupados com suas sonecas. Fígaro se banhava diligentemente em seu local habitual em cima do balcão, enquanto Licor e Chan dormiam em sua almofada sob a janela. Sherkhan e Smokey não estavam em lugar nenhum e Cappuccino dormia tranquilamente em cima de uma mesa, bem em frente ao ar-condicionado.

— Nagore, gostaria de pedir um favor, se for possível — disse Yumi de repente enquanto prendia o cabelo com um grampo. — Meu marido chega no domingo de manhã e gostaria de passar o dia em casa com ele. Você se importaria de vir cuidar dos gatos? Não precisa ficar muito tempo aqui, basta limpar as caixas de areia deles e dar comida e água. Vou pagar hora extra, é claro.

Nagore teve que conter uma reclamação que se formara em sua cabeça antes de emergir. Não tinha planos especiais para o domingo, mas era seu único dia de folga.

— Sim, claro, não tem problema.

Sua zona de conforto estava se tornando cada vez maior.

— Também gostaria de saber se você poderia ficar sozinha por dez dias em agosto. Minha melhor amiga vai se casar em Tóquio e não queremos perder a festa. — Diante da sua expressão de angústia, pontuou:

— Pensei que o horário de abertura em agosto pode ser das cinco às oito e meia. E não se preocupe, vou pagar a mesma quantia. Não acho que você terá nenhum problema, já está ciente de tudo, conhece os gatos...

Yumi olhava para Nagore com os olhos arregalados, como as meninas do estúdio Ghibli, suplicando que aceitasse.

— Antes poderíamos assinar um contrato permanente. Não acho que haja alguém melhor do que você para estar à frente do Neko Café.

Por um momento, Nagore não foi capaz de dizer nada. Era informação demais para processar em uma segunda-feira na hora do almoço. Nunca tinha passado tanto tempo sozinha com os gatos!

Ela inspirou profundamente, escaneando o rosto de Yumi, que apenas esperava a sua resposta sem demonstrar nenhuma emoção.

— Yumi, você é muito gentil, eu agradeço. Embora não goste da ideia de ficar duas semanas sozinha com os meninos, acho que consigo fazer isso. Sobre o contrato permanente... Eu aceito de bom grado como uma demonstração de confiança, mas não posso garantir por quanto tempo ficarei aqui. Talvez o meu *ikigai* não seja passar a vida cercada de gatos.

— Entendo perfeitamente — respondeu a outra, emocionada. — Tudo é provisório, como a vida, mas quero aproveitar o tempo que tivermos juntas.

Dito isso, ela se levantou e abraçou Nagore, que ficou surpresa com o gesto.

— Você acabou de me abraçar... — constatou, surpresa.

— Sim — falou ela, e sorriu —, quero adotar algumas das tradições da sua cultura, sabe?

Nagore, em vez de responder, também a abraçou.

— Obrigada por confiar tanto em mim — disse, abraçando-a carinhosamente, de coração a coração.

— Está bem, está bem... — falou a outra, se libertando suavemente do abraço com uma risada nervosa. — Bem, também preciso de um tempo para me adaptar!

Na hora de abrir a porta exterior do café, Nagore viu pelo canto do olho que Licor se esticava em sonhos. Então, o gato fez um movimento errado e caiu de sua almofada.

Ele acordou surpreso e bocejou enquanto tentava entender o que acabara de acontecer. Quando Nagore voltou a vê-lo, ele estava fazendo seus alongamentos habituais.

Para não pensar em seu domingo "não sem gatos" e nas semanas em que estaria sozinha com aquela tribo, sentou-se em uma cadeira perto de Licor para observar seus exercícios. Achou muito engraçado.

Ao perceber que o gatinho não estava ao seu lado, Chan se espreguiçou e observou seu jovem companheiro do centro da almofada.

Licor arqueou as costas e levantou o traseiro e o rabo. Então impulsionou seu corpo para a frente e endireitou a coluna desde a cabeça, apoiando-se nas patas. Após outra série de movimentos bastante peculiares, encontrou sua própria cauda e começou a persegui-la correndo em círculos.

Inspirada pelo gato, Nagore decidiu fazer alguns alongamentos também enquanto os primeiros clientes não chegavam. O forte sol que brilhava às quatro da tarde deve ter alongado mais de uma soneca.

Ela esticou os braços para cima e para trás, sentindo suas costas relaxarem e seus pulmões se desobstruírem. Deixou escapar um suspiro ao girar o tronco. Depois movimentou as coxas e aliviou o peso da lombar inclinando-se para a frente. Ela percebeu que estava há meses sem praticar seu ioga matinal.

Licor pulou na mesa ao lado dela e a examinou da mesma forma que um professor faria com um aluno iniciante.

Nagore rolou suavemente sobre suas vértebras para se levantar novamente e piscou para Licor, que reagiu soltando um miado de aprovação. Em seguida, o gato pulou da mesa para ir atrás de comida.

— Você estava certo — disse Nagore enquanto mexia os quadris em círculos para massageá-los. — Me sinto muito melhor!

A cabeça de Yumi saiu da despensa, atrás do balcão.

— O que você disse?

— Estava conversando com Licor! — explicou Nagore. — Ele acabou de me ensinar que, ao relaxar o corpo, também liberamos a mente. Parece que esqueci tudo o que meu professor de ioga em Londres me ensinou.

— Esse preguiçoso está muito certo. Manter-se flexível é metade da saúde! E não me refiro apenas ao corpo. Uma mente flexível é um requisito para a felicidade. A rigidez acaba com a alegria de viver. Embora, na verdade, ambas as rigidezes estejam interligadas — disse Yumi após meditar por alguns instantes. — Tudo o que temos de rígido na cabeça também se expressa no corpo, então liberar o corpo é um passo prévio para deixar os pensamentos estagnados irem embora.

Nagore pensou que aquilo era muito relevante. *Tudo tem seu tempo*, lembrou.

Ao pensar em sua chefe e amiga, percebeu que as coisas também não eram fáceis para ela.

— Yumi, com certeza você, mais do que eu, teve que superar muitas dificuldades por ser uma japonesa na Europa.

— Talvez sim, mas gosto de desafiar minha zona de conforto, aprender coisas novas e me adaptar a novas situações ou pessoas. Desde que isso não signifique perder a minha essência, claro. — Refletiu por um instante e depois acrescentou: — Quando em Roma, faça como os romanos, mas sem deixar de ser você mesma.

CAPÍTULO VINTE

A excursão de Elías

AO SAIR DO METRÔ, NAGORE PERCEBEU que os mocassins de verão permitiam que ela caminhasse suave e silenciosamente, com uma leveza quase felina. Na rua que levava ao hospital, alguns álamos estavam começando a amarelar. Seu vestido, da mesma cor, ondulava ao vento enquanto ela caminhava mais feliz do que deveria porque ia ver Marc.

Teve que reconhecer que tinha borboletas no estômago e que estava traçando planos para chamar a atenção dele. Havia muito tempo que não sentia tudo aquilo! Era algo antigo e novo, estranho e normal ao mesmo tempo. Quantas contradições...

Marc estava esperando por ela na entrada e recebeu-a com um grande sorriso antes de lhe dar dois beijos. Estava vestindo uma calça creme de tecido leve e uma camiseta salmão.

— Mais uma vez, obrigado pelo esforço de vir. Elías ficará muito feliz com o nosso plano. Será a primeira vez que ele sai do hospital!

Nagore sorriu, assentindo com a cabeça. Parecia que um gato invisível tinha comido sua língua.

Elías parecia pronto para a excursão. Estava cochilando na cadeira de rodas e vestia roupas leves de verão, com um suéter azul-marinho no colo. Marc deu um tapinha na mão dele para acordá-lo.

— Bom dia, professor! Vim com esta garota para descobrirmos o mundo juntos.

O velho levou alguns segundos para retornar da terra dos sonhos.

— E para onde vamos, posso saber? — perguntou com uma mistura de alegria e cansaço.

— O destino é uma surpresa — disse Marc. — Assim como acontece na vida.

Durante a viagem no táxi adaptado, os três conversaram animadamente. Quando pararam no número 29 daquela rua de pedestres, um brilho nos olhos de Elías mostrou que ele sabia exatamente para onde o haviam levado.

Yumi, que tinha colaborado com o plano, já os esperava na porta do Neko Café para ajudá-los.

Assim que Elías entrou com a cadeira de rodas, os gatos começaram a acordar, se esticar e vagar pelo espaço, misturando-se uns aos outros, bebendo, comendo e brincando entre si.

— Isso é fabuloso... — Parecia que o peito de Elías se expandia a cada momento. — Este lugar é formidável!

Yumi o levou até uma mesa e ofereceu o café com leite especial da casa, o que o idoso aceitou com prazer.

Enquanto o preparavam, um gato miou suavemente ao fundo do corredor. Segundos depois, ele estava ao lado da mesa, cheirando o ar.

Elías olhou para ele com ternura, sem precisar chamá-lo com palavras ou gestos. O gato se aproximou com sua habitual discrição, sem tirar os olhos amarelos de Elías. Finalmente, com um salto suave, ele se projetou para o seu colo.

O idoso abriu as mãos para que o gato cheirasse suas palmas e só então o cumprimentou com carinho.

— Oi, Sort... Senti sua falta.

O gato esfregava a cabeça nas mãos de Elías para expressar sua alegria por vê-lo.

— É difícil acreditar que este gato — comentou Nagore, surpresa — seja o mesmo que chegou tão tímido e reservado.

— Ele conhece Elías desde que era apenas um filhote — explicou Marc. — E embora haja um preconceito que prega o contrário, os gatos têm uma memória excelente e desenvolvem laços tão íntimos com seus donos quanto os cães.

— Parece que Sort se tornou uma espécie de líder silencioso... — comentou Elías quando percebeu que os felinos, cada um em seu lugar, não perdiam nenhum detalhe do encontro entre ele e o gato.

Foi então que Cappuccino decidiu correr até ele para investigar seus sapatos e sua cadeira de rodas.

— Conheço sua raça... — cumprimentou Elías enquanto acariciava a cabeça do gato, que colocou as patas nas suas pernas. — Você é um siamês de pata branca, ou *snowshoe*. Os primeiros foram registrados nos Estados Unidos na década de 1960, e eram uma mistura de siamês e americano de pelo curto.

— Estou impressionado com seus conhecimentos, professor Elías — brincou Marc.

— Este gato é incrível — disse Nagore enquanto servia o café com bigode e o afastava de Elías —, sempre quer ocupar o lugar dos outros. Ele adora ser o centro das atenções.

— Não tem problema! — falou Elías. — Ele parece um bebê com esses olhos azuis...

Ele admirou o café com leite à sua frente, com a nítida carinha de gato feita de espuma.

— Marc, talvez minha internação no hospital não tenha sido tão ruim, afinal. Sem isso, eu não teria conhecido este café de gatos. Eu poderia até ter morrido sem saber o que aconteceu com Sort. Estou muito feliz em vê-lo de novo. Muito obrigado a todos!

Yumi pediu a Marc para traduzir suas palavras, para que pudesse conversar com o idoso.

— Você sabia que, quando Nagore chegou aqui, ela tinha ailurofobia? Ela tinha pânico de gatos. E olhe agora...

— Bem, é óbvio que eles a curaram. Os gatos nos ajudam a nos reconectar com nosso verdadeiro eu. Eles têm superpoderes! E é verdade aquilo que dizem sobre eles serem capazes de limpar as energias negativas.

Naquele ponto, Elías anunciou que precisava de uma soneca depois de tantas emoções, então os outros continuaram conversando baixinho. Sort não tinha se movido do colo do ancião e mantinha a pata em sua mão.

— Quando ele acordar, será melhor voltar ao hospital. Parece muito cansado — disse Marc. — Eu gostaria que pudéssemos levar Sort conosco, mas é um luxo que ainda não existe nos centros médicos.

— O que faremos com Sort, então? — perguntou Nagore, preocupada. — Eu não acho que ele possa voltar para o seu dono no curto prazo... Será que deveríamos colocá-lo na lista de adoção ou é melhor esperar para ver se Elías pode levá-lo?

— Não há pressa nenhuma para tomar a decisão — garantiu Yumi, tranquilizadora. — Ainda podemos acomodar sem problemas mais um ou dois gatos.

— Por que não perguntam a ele? — disse o ancião abrindo os olhos e observando Nagore.

CAPÍTULO VINTE E UM

Você sabe falar gatês?

MARC:
Posso passar para ver você quando terminar hoje? Tem uma coisa que ainda não consegui te contar. (Elías continua muito feliz, muito obrigado por tudo! Você e Yumi são incríveis.)

A MENSAGEM DE WHATSAPP CHEGOU quando Nagore estava a caminho do Gats de Gràcia, o abrigo de animais do bairro. A responsável já conhecia Yumi e estavam preparando uma lista de espera para dois ou três gatos que aspiravam a entrar no Neko Café. De lá, teria que ir direto para o trabalho. Ela não estava usando uma roupa adequada para um encontro: calça larga de algodão e uma camiseta preta sem mangas. Seus únicos acessórios eram brincos vermelhos e um anel da mesma cor. Não tinha sequer se maquiado e não daria tempo de passar em casa para se arrumar sem se atrasar.

Usando a câmera frontal do celular como espelho, observou que estava totalmente desgrenhada. Teria que fazer um coque ou um rabo de cavalo para aquela noite.

Foi recebida por uma mulher mais velha com cabelos loiros e cacheados. Ela a deixou entrar no salão com um sorriso largo, enquanto perguntava por Blue. Blue ainda era a única gata adotada pela sociedade protetora que agora tinha sua vitrine no Neko Café.

— O decorador do local se apaixonou loucamente por ela e parece que Blue também gostou dele. Enfim, ela foi embora há pouco mais de uma semana.

— Às vezes milagres acontecem, especialmente quando há um gato por perto — comentou a mulher enquanto levava Nagore para a parte de trás do local, onde havia um jardim. — Temos espaço para até vinte e cinco gatos e no momento temos vinte e dois. A propósito, você sabe falar gatês?

— Como assim? — perguntou Nagore, com os olhos arregalados. *O que era aquilo de falar gatês?*

— Estou me referindo a interpretar os sinais de comunicação dos gatos. Seu espectro de miados é limitado, mas os gatos se expressam muito com o corpo.

— Na verdade, não sei muito sobre isso... — admitiu Nagore.

— Não se preocupe, vou lhe dar um curso introdutório. Olhe!

Antes de sair para o quintal, a mulher lhe entregou algumas folhas plastificadas e a convidou a se sentar enquanto as lia.

Os gatos se comunicam por meio da linguagem corporal e seus gestos são expressos por quatro partes do corpo: cauda, orelhas, olhos e cabeça.

A linguagem da cauda é a mais fácil de interpretar:

* Cauda erguida com ou sem uma curva no final: estou feliz.

* Cauda agitando-se desordenadamente: nervoso ou ansioso.

* Cauda tremendo: muito feliz em vê-lo.

* Cauda baixa ou encolhida: estou com medo.

* Cauda baixa com o pelo eriçado: estou com medo ou me sinto agredido.

* Cauda em forma de "N" com o pelo eriçado: agressão extrema.

A linguagem dos olhos é um pouco mais complicada. Nunca olhe diretamente nos olhos de um gato, pois isso poderia ser interpretado como uma agressão. O equivalente a um beijo para os gatos é quando eles olham na sua direção com os olhos semicerrados e então desviam o olhar majestosamente.

A cabeça e as orelhas também expressam muitas coisas:

* Orelhas para trás: medo, ansiedade, agressão.

* Língua para fora: preocupação, apreensão.

* Esfregar a cabeça, o dorso ou a cauda contra uma pessoa ou animal: ritual de cumprimento, reivindicação de propriedade.

* Cabeçada: amizade, afeto.

* Cheirar o rosto: necessidade de confirmar a identidade.

* Esfregar o nariz molhado: afeto.

* Lamber: sinal definitivo de afeto.

No outro lado da folha, explicava-se que os gatos só miam para os humanos, enquanto usam sibilos ou ronronam para se comunicar com outros animais.

Quando ronronam, geralmente significa que estão felizes, mas também pode indicar que estão com dor ou se sentindo mal.

Nagore aprendeu que os gatos têm 32 músculos nas orelhas, que seus bigodes estão cheios de terminações nervosas e que se tornaram domésticos há relativamente pouco tempo, talvez cerca de 4 mil anos. Por isso, reconhecem seus nomes, mas não têm o mínimo interesse em obedecer a seus donos.

— Eu acho que ainda não falo gatês, mas vou levar em consideração o que acabei de ler — disse à mulher da organização protetora depois de analisar a folha. — No entanto, preciso pedir um favor... Estou com um pouco de medo de entrar em um lugar com tantos gatos desconhecidos. Talvez você possa me apresentar a eles e me contar um pouco sobre quem é quem. Assim faremos uma lista de candidatos em potencial.

— É claro. Já entendi por que Yumi escolheu você! É muito respeitosa com eles. Talvez um dia consiga fazer com que um gato esfregue o traseiro em você, não apenas a cabeça. Aí poderá se considerar sortuda.

— Por quê? — perguntou, surpresa.

— Porque isso significa que você é muito especial. Pelo menos para aquele gato.

CAPÍTULO VINTE E DOIS

Celebração agridoce

NAGORE CUMPRIMENTOU MARC com um sorriso, torcendo para estar com uma aparência aceitável.

— Por que está de óculos? — perguntou Nagore após trocarem beijos nas bochechas.

— Quase sempre uso lentes de contato, mas meus olhos estão cansados. Enfim, me diga, você está pronta para uma experiência incrível?

— Não sei... — disse, mordendo o lábio. — Pode me dar uma dica? Estou muito curiosa para saber o que você quer me dizer.

— Você saberá em um lugar muito especial. Mas antes precisamos chegar lá.

Dito isso, Marc deu-lhe um capacete e colocou o seu, apontando uma antiga Lambretta que estava estacionada na calçada.

— Para onde vamos? — perguntou Nagore, maravilhada.

— Para cima. Então... segure bem! — disse Marc com a voz abafada pelo capacete.

Quando arrancaram, Nagore abraçou-se à cintura dele. O casaco de couro fino cheirava tão bem que teve de se conter para não afundar o rosto entre os seus ombros.

Chegaram ao seu misterioso destino quase de noite. A entrada do restaurante estava iluminada por guirlandas de luzinhas que pareciam vaga-lumes.

Um funcionário guardou seus capacetes e os acompanhou até uma mesa com vista para a cidade. A paisagem era magnífica e havia um ar de montanha muito agradável.

— Este lugar é incrível, Marc! Onde estamos exatamente? — perguntou Nagore com os olhos brilhando.

— Em algum lugar do Tibidabo...

— Eu não sabia que aqui em cima existiam restaurantes como este. Mas me diga, estamos celebrando alguma coisa? Elías se recuperou?

— Infelizmente, Elías não está muito bem. — Marc balançou a cabeça. — Eu o vi ontem, e ele está cada vez mais fraco. Mas está feliz e em paz. Ele não tem medo do que está por vir. Ontem me disse que acredita que não vai voltar para casa nunca mais... Como advogado, estou ajudando-o a preparar o testamento. É estranho pensar nisso, mas, como ele não tem herdeiros diretos, precisa deixar tudo bem claro.

Nagore esteve prestes a tocar em seu ombro com a mão esquerda, mas acabou apoiando-a na mesa.

— Sinto muito, Marc. Pense que, aconteça o que acontecer, ele teve uma vida longa e feliz.

— Está tudo bem, de verdade. — Ele bebeu um gole da água que tinham sobre a mesa. — Como perdi meu pai há muito tempo, estava sendo reconfortante passar tempo com ele. Mas não estamos aqui para chorar por uma pessoa que ainda está viva!

— Então...? — perguntou Nagore com um olhar inquisitivo.

— Para começar, brindemos o reencontro de Sort e Elías. E depois... — anunciou dramaticamente, servindo um pouco mais de vinho nas taças. — Mais um brinde pelo trabalho que acabaram de me oferecer em Genebra!

Seus olhos observavam atentamente a reação de Nagore. Ela sentiu que o sorriso se congelava em seu rosto.

— E do que se trata exatamente? — perguntou, se obrigando a ficar feliz por ele.

— Trabalharia para a ACNUR, a Agência da ONU para Refugiados. Ainda não acredito! Já faz mais de um ano que me candidatei ao cargo... Passei por seis rodadas de entrevistas, mas já tinha dado como perdido. Até que esta manhã finalmente recebi a notificação.

— É uma ótima notícia, Marc... Sim, temos que comemorar! — disse Nagore, tentando decidir se deveria se sentir triste ou não.

Ela ainda não se atrevera a mostrar seu afeto a Marc e, de fato, havia se dedicado mais a escondê-lo. Percebia tarde demais, como tantas vezes.

Depois de pedir o jantar, enquanto Marc tirava os óculos para limpá-los, Nagore tentava expulsar todas as borboletas que tinha no estômago. Era difícil. Não é que tivesse intenções muito sérias em relação a Marc, mas estava começando a desfrutar da sua companhia. Uma possibilidade que em breve deixaria de existir.

— Quando você vai embora? Já sabe a data?

Marc tomou um pouco de vinho antes de responder, sem tirar os olhos de Nagore.

— Eles me confirmaram a oferta, mas ainda não sei se vou aceitar. Neste momento estou com dúvidas.

Nagore esforçou-se para respirar devagar, cuidando para não fazer barulho. O corpo pedia que soltasse um suspiro profundo, mas, se o fizesse, ele adivinharia seus sentimentos. Esse pensamento fez com que concluísse que queria que ele soubesse o que estava sentindo. Então, suspirou.

Marc também soltou uma baforada pensativa antes de começar a brincar com o copo.

— Passou tanto tempo desde que me candidatei à vaga... Desde então, muitas coisas aconteceram na minha vida. Se a vida é um jogo, já não estou mais no mesmo lugar do tabuleiro.

— Entendo. Às vezes me sinto da mesma forma.

— Agora não sei se devo ir ou não. Não quero deixar Elías nesse estado, que pode se prolongar por meses. Também tenho outras questões pendentes que gostaria de resolver... — E, recuperando a pergunta que Nagore havia feito um pouco antes, respondeu: — Deveria começar em duas semanas. Tenho até a próxima quarta-feira para decidir.

— Bem, o salário será ótimo, não é?

Nagore se odiava por bancar o advogado do diabo, mas, se o sonho de Marc era trabalhar para a ONU, quem era ela para impedi-lo?

— Sim, é um bom salário. Mas o dinheiro não é tudo, não acha?

— Bem, às vezes ajuda muito — disse, pensando na sua própria situação. — Mas você tem razão, às vezes é mais importante ouvir o que o coração diz. É isso que está acontecendo com você?

— Algo do tipo.

Quando a comida chegou, tudo parecia tão delicioso e encantador para Nagore que foi um verdadeiro esforço convencer-se de que aquilo não era um jantar romântico com um amor futuro, mas uma possível despedida entre pessoas que estavam começando a se tornar amigas.

Pensou que deveria investir um pouco de dinheiro para ir ao cabeleireiro. Gostaria de deixar o cabelo comprido, mas não podia se dar ao luxo de ir descuidada. E se fosse possível encontrar um bom vestido novo... Então, talvez...

— O que acha, Nagore? Você vai me visitar se eu me mudar para a Suíça?

— Claro — disse ela, piscando para ele.

Ao brindar, pensou *maldita Suíça* e bebeu a taça de uma vez.

CAPÍTULO VINTE E TRÊS

O presente de Fígaro

NAGORE NÃO CONSEGUIU TIRAR O JANTAR DA CABEÇA pelo resto da semana. Nem Marc.

Apesar de ter recebido um empréstimo de seus pais e seu primeiro pagamento, que não era um salário completo, ela não podia se dar ao luxo de ir ao cabeleireiro ou comprar um vestido novo.

Na manhã de domingo ela foi cuidar dos gatos, como havia prometido à sua chefe, e depois foi até a praia para nadar um pouco. Tentou clarear as ideias sem muito sucesso.

Na segunda-feira, Yumi percebeu que sua colega estava mais pensativa do que o normal, mas Nagore não soube ou não quis dar detalhes. Absorta, enquanto os clientes buscavam carícias dos gatos, Nagore observava Fígaro.

Em cima de seu pedestal no balcão, o gato de meio bigode se cuidava com carinho. Sua aparência atraía os olhares do público.

Nagore pensou que aquela atitude, em um gato de rua sem raça ou nenhum atrativo especial, era um sinal de autoestima. Como diz o provérbio, "a caridade bem entendida começa por si mesmo", ou seja, é impossível ser amado se você nega o amor a si mesmo.

Ela não era um gato orgulhoso, como Fígaro, mas disse a si mesma que seria bom prestar um pouco mais de atenção à sua aparência. Como alguém poderia gostar dela se ela mesma não se gostava?

Em meio a essas reflexões, a tarde passou tranquilamente. Fígaro seduziu um casal estadunidense e eles passaram um bom tempo acariciando-o sem que ele, muito digno, saísse do lugar.

Honrando o gato melômano, naquela tarde Nagore desenhou seu rosto irregular nos cafés com leite dos clientes.

Um turista que ninguém sabia como havia chegado lá pediu até para tirar uma foto com ele, exibindo na espuma de sua xícara o desenho de Fígaro.

— Eu me apaixonei por esse gato — disse a garota estadunidense ao pagar. — Você viu esse bigodinho tão engraçado? Eu adoraria levá-lo para casa! Mas não acho que isso seja possível...

— A viagem seria uma tortura para ele, querida — falou o homem, acariciando a mão de sua esposa. — Mas podemos adotar um quando voltarmos para Portland.

A mulher não respondeu, hipnotizada por Fígaro, a quem lançava um cordão com uma pena na ponta. O felino tentava pegá-la sem sucesso. Finalmente, a mulher o deixou em paz e Fígaro pegou o brinquedo com as quatro patas, caindo de costas.

Ao cair da altura do balcão, com certeza ele perdeu uma de suas vidas. Sem mostrar sua raiva, foi com seu meio bigode para outro lugar do Neko Café.

Os olhos da estadunidense expressavam pena por não poder levar aquele personagem para casa.

— Obrigada pelos maravilhosos cafés com leite! — disse ela a Nagore com um olhar de gratidão. — E pelo ambiente mágico que vocês criam aqui para eles. Isso nos tocou profundamente. E com certeza procuraremos um gato quando voltarmos para casa.

— Foi um prazer — respondeu ela. — Tenho certeza de que o gato que escolherem será muito feliz ao seu lado. Obrigada por nos visitar! Ela fez a mesma reverência que Yumi costumava fazer.

Assim que eles saíram, quando se aproximou para limpar a mesa, seu coração parou. Em cima havia uma nota de cinquenta euros com um bilhete que dizia: "Por favor, use isso para fazer Fígaro feliz". Nagore pegou a nota e foi mostrá-la ao gato, que ainda estava se limpando.

— Você acabou de ganhar cinquenta euros! Fígaro, você é incrível... se importa se eu guardar isso para seguir seu exemplo e me arrumar um pouco?

Com uma atitude muito felina, ele mostrou que não a ouvia. Sua única preocupação parecia ser recuperar o estado impecável de sua pelagem. Como uma bailarina, Nagore também fez uma reverência de agradecimento a ele.

Antes de se tornar uma estrela do rock, Mick Jagger cantava: "Eu não tenho dinheiro, mas sei onde gastá-lo". Nagore sentia o mesmo, com a diferença de que a nota já estava em seu bolso.

CAPÍTULO VINTE E QUATRO

O cavalheiro negro

— ELÍAS NOS DEIXOU.

Nagore ficou paralisada, com o telefone grudado no ouvido. Havia pouco tempo que o alarme tinha tocado e a ligação foi recebida a caminho do chuveiro.

— Ele não acordou esta manhã — continuou Marc. — O hospital acabou de me avisar.

Nagore ficou em silêncio, sem saber o que dizer. Tinha a sensação de que qualquer coisa que saísse de seus lábios naquele momento seria vazia.

— Eu teria gostado de acompanhá-lo, Nagore, mas temo que Elías tenha escolhido partir no meio da madrugada justamente por esse motivo. Ele é como Sort, não gosta de incomodar... — Fez uma pausa, como se as palavras não saíssem mais, mas então conseguiu adicionar: — Ele deixou uma coisa para você. A cerimônia é daqui a algumas horas na funerária. Você quer vir?

— Eu estarei lá. Até logo, Marc.

Assim que desligou, ligou para Yumi para dizer que chegaria mais tarde, explicou que queria se despedir de Elías e que talvez conseguisse chegar a tempo de abrir.

— Claro, Nagore. Por favor, em nosso nome, compre um belo

buquê de flores no caminho. Acenderei uma vela para ajudá-lo a encontrar o caminho para se reunir com seus antepassados.

Quando chegou à funerária, onde não havia quase ninguém, Nagore colocou o buquê de flores em uma cadeira e depois cumprimentou Marc.

— Muito obrigado por vir. Pode ser que mais pessoas venham, mas eu não tenho a agenda dele, então não sabia para quem ligar.

— Ele suspirou. — Os dois ou três que você verá por aqui eram pacientes que compartilharam o quarto com ele. A enfermeira-chefe ligou para eles pessoalmente. Elías fazia as pessoas gostarem dele...

Nagore se aproximou dele.

— Posso lhe dar um abraço?

Marc assentiu com a cabeça e Nagore percebeu que seu pulso estava acelerado. Em seus braços, ela sentiu os ombros dele tremendo. Até parecia mais alto.

Ao se separarem, ele procurou em seus bolsos e entregou a ela um pequeno envelope branco com o nome de Nagore escrito à mão.

— Tenho que ir a um julgamento, não poderei nem acompanhá-lo em sua última viagem — disse ele, entristecido. — Você pode ficar até o término da cerimônia? Eu disse que você é o vínculo mais próximo dele...

— Claro — respondeu Nagore segurando a carta na mão.

— Obrigado por tudo, Nagore — despediu-se Marc, dando-lhe um beijo na bochecha. — Vou ter uma semana agitada, mas poderíamos nos ver no fim de semana.

— Seria bom — respondeu ela, recuperando o buquê de flores.

Quando a cerimônia acabou, Nagore sentou-se por um tempo no banco de um parque próximo. Ainda segurou a carta nas mãos por alguns minutos. Nunca tinha recebido uma mensagem de um falecido, impressionava-a que alguém pudesse falar com ela do outro lado da vida.

Ela prendeu o cabelo em um coque para ficar mais fresca e abriu a carta. Eram duas páginas de uma linda caligrafia.

Querida Nagore:
Começo a escrever esta carta após a excursão ao seu café de gatos.
Não posso expressar como fiquei feliz ao ver Sort mais uma vez, mas temo que não poderei me reunir de novo com ele ou com ninguém. Sinto-me cada vez mais fraco, como uma vela prestes a se apagar.
Conto tudo isso a você, mas não estou triste. Conhecê-los me devolveu o sabor da vida. E a certeza de que tudo acontece por um motivo. Tenho a sensação de que tudo tinha que acontecer exatamente dessa maneira. Marc tinha que me encontrar para então poder cuidar de Sort, levá-lo ao seu café para que Yumi e você cuidassem dele... E quem sabe que novas reviravoltas a vida lhes reserva, embora eu não estarei mais aqui para ver.
Estou sem forças, preciso descansar um pouco. Em seguida, vou continuar.

Esta é a magia das cartas: podem ser começadas, continuadas e terminadas a qualquer hora. Agora, tenho pouco tempo e temos coisas para resolver.
Hoje você perguntou o que queria que fizessem com Sort, nosso mensageiro de serenidade. Ele é um verdadeiro cavalheiro como os de antigamente, meu pequeno guerreiro. Sei muito pouco sobre você, Nagore, mas aqui, neste quarto vazio, me pergunto se você... gostaria de adotar Sort? Sei

que não tem paixão por gatos, mas como ele foi o primeiro que tocou, talvez haja um vínculo especial entre vocês.

Não precisa decidir imediatamente. Não se apresse, leve o tempo que precisar para pensar. Esta carta chegará a você quando eu já tiver ido, então posso esperar eternamente.

Apenas peço a você e Yumi que não coloquem Sort na lista de adoção até que tenha tomado uma decisão. Muito obrigado.

Nos últimos tempos, antes que eu fosse hospitalizado, este gato foi um verdadeiro curador. Ele se aproximava de mim sempre que eu sentia dor, mesmo sem expressar um gemido. Então se deitava ao meu lado, me tocando de alguma forma.

Dito isso, só me resta desejar que encontre tudo o que seu coração procura e, por favor, aproveite cada momento: nada dura para sempre.

Não fiquem tristes por mim. Estou em paz, após uma vida plena, e tenho curiosidade sobre o que virá a seguir. Deve haver algo do outro lado, não acha?

Se for o caso, nos veremos um dia, embora eu espere que ainda falte muito tempo para isso.

Todo o meu amor para você, Marc, Yumi e Sort.

Obrigado por iluminar as minhas últimas horas.

Elías

O vento soprava suavemente, brincando com os cabelos de Nagore que tinham se soltado do coque. Ela fechou os olhos para sentir melhor o carinho do ar. Então sentiu duas lágrimas silenciosas escorrendo por suas bochechas.

Seu coração se apertou ao pensar em Elías com Sort em seu colo.

Não sabia o que ia fazer, precisava de um tempo para assimilar tudo o que estava acontecendo, especialmente a morte de Elías.

Guardou a carta e, em vez de ir de transporte público, decidiu não se apressar e caminhou pensativa até o café.

CAPÍTULO VINTE E CINCO

A curiosidade salvou o gato

DESDE A CHEGADA DE SEU MARIDO, Yumi estava mais feliz e radiante do que nunca. Bem mais velho do que ela, ele ia ao Neko Café todos os dias para tentar ajudar.

De temperamento reservado, Nagore não conseguia imaginar como eles conseguiam manter seu relacionamento à distância. Finalmente, eles iriam viajar juntos por dez dias na próxima segunda-feira e ela ficaria responsável pelo local durante esse tempo. Ela tentava não pensar naquilo para não ter uma crise de ansiedade como antigamente.

Naquele fim de semana, que já estava chegando, Yumi e seu marido cuidariam dos gatos para que ela pudesse descansar um fim de semana inteiro como uma pequena compensação.

Marc mencionara a ideia de se encontrarem um dia, mas a verdade era que não tinha voltado a contatá-la. Uma vez que ela lhe escreveu, ele respondeu de forma carinhosa, mas breve.

Talvez ele estivesse passando pelo luto de perder seu velho amigo ou talvez estivesse sobrecarregado no trabalho. Talvez fossem ambas as coisas.

Diante dessa incerteza, Nagore começou a sonhar com umas miniférias para aquele fim de semana. Ela precisava escapar da cidade, mesmo que fosse apenas para fazer uma longa caminhada na floresta, mas a verdade é que também não tinha orçamento para pagar por um hotel em lugar nenhum.

Enquanto isso, nas tardes de agosto apenas metade do público habitual frequentava o local. Além de alguns turistas perdidos que olhavam através da janela do Neko Café, a cidade estava adormecida e uma atmosfera suave, relaxada e felina envolvia tudo.

Entre chás gelados e cafés com bigode, Nagore trabalhava em seu caderno nos momentos livres. Ela havia descoberto que gostava especialmente de desenhar na silenciosa, brincalhona e às vezes curiosa companhia da tribo.

Para continuar com o Olimpo dos gatos, ela fez um esboço da graciosa cabeça vermelha de Licor, com seus olhos brilhantes, a pelagem revolta e seus bigodes proeminentes apontando em todas as direções. Abaixo do desenho, escreveu:

Seja flexível, mas não se esqueça de quem você é.

LICOR

Anteriormente, havia feito um retrato precioso do gato melômano, com aquele olhar altivo e seu meio bigode. Ela considerou colocar um gramofone ao lado, como o cachorrinho do logo da gravadora La Voz de su Amo, mas no final limitou-se a escrever a frase abaixo do perfil.

Cuide da sua aparência,
nunca se sabe quem está olhando para você
(antes de mais nada, agrade a si mesmo).

FÍGARO

Enquanto revisava satisfeita os seis desenhos, não percebeu que Yumi se aproximara por trás dela. E não era a única: Sherkhan, o gato tigrado que costumava fazer as coisas do seu jeito, também queria saber o que Nagore estava fazendo. Antes que percebesse, ele saltou sobre a mesa e cheirou o caderno cheio de perfis.

— Eles parecem tão reais para você que quer cheirá-los? — brincou ela, bem quando Sherkhan empurrava com a pata um dos lápis até fazê-lo cair no chão.

Quando Nagore foi repreendê-lo, o pequeno tigre já corria em busca de refúgio.

— Eu gosto muito do seu estilo — disse Yumi, contendo o riso, enquanto pegava o lápis e se sentava ao lado dela. — É inovador e muito pessoal.

— Obrigada... — respondeu timidamente. — São só esboços. Eles me ajudam a assimilar tudo o que está acontecendo.

Yumi olhou profundamente para ela, como se entendesse muito mais do que queria demonstrar. Nas semanas que passara ao lado dela, Nagore percebera a fixação dos japoneses por não serem invasivos. E estava encantada com essa qualidade.

Sherkhan queria descobrir definitivamente se o lápis voava, então saltou novamente na mesa e, depois de um novo golpe lateral da pata, o lançou no vazio. Sem mais delongas, o gato pulou sobre ele e o fez rolar pelo chão.

Após observar suas cambalhotas, mais divertindo-se do que incomodada, Nagore tirou o lápis do gato pela segunda vez e lhe ofereceu sua bola favorita, que tinha uma pena colada. Ele costumava brincar tanto com ela que muitas vezes acabava perdida em algum buraco negro do café. Como o conhecia, Nagore sempre guardava uma como aquela de reserva em um lugar fora de seu alcance.

— Nagore, acho que Sherkhan está demonstrando que precisamos ser proativos para conseguir o que queremos. Talvez ele quisesse que você lhe desse a bola com a pena, e não encontrou outra maneira de expressar isso a não ser roubando seu lápis algumas vezes.

— Eu acho que ele simplesmente é movido pela curiosidade — disse Nagore, sorrindo. — Ele viu o lápis se mover na minha mão e quis saber se ele tem vida própria.

— A curiosidade matou o gato... — recitou Yumi — embora eu sempre tenha pensado que esse provérbio está errado. É a falta de curiosidade que nos mata. Quando uma pessoa deixa de imaginar, quando não espera mais que algo diferente aconteça ou não se aventura fora de sua zona de conforto, ela começa a morrer. Talvez essa seja a verdadeira lição do nosso Sherkhan.

— A curiosidade salvou o gato... Você está certa, soa muito melhor.

Aquele foi o momento escolhido pela japonesa para um ataque frontal, quase ao estilo *banzai*.

— Você não está curiosa para saber o que está acontecendo com Marc?

Nagore deu de ombros enquanto observava a vigorosa brincadeira de Sherkhan com a bola.

Mas o que ela poderia perguntar a Marc? Não queria parecer insistente ligando para ele sem motivo aparente. Foi então que a solução a iluminou como um raio revelador.

A casa! Sem dúvida, ela sentia grande curiosidade para conhecer o que havia sido o lar de Elías.

CAPÍTULO VINTE E SEIS

A equação da mudança

NA SEXTA-FEIRA DE MANHÃ, Nagore tinha o tão esperado horário com sua cabeleireira e permitiu-se procurar um vestido bonito, cortesia de Fígaro, o sedutor.

Já com seu novo corte de cabelo, o primeiro desde que voltara de Londres, sentiu que estava se livrando de sua pele antiga para que seu novo eu emergisse. Experimentou uma libertação agradável ao ver metade de seu cabelo cair.

Além disso, quando encontrou em promoção um vestido de algodão em tom creme que realçava sua figura, sentiu-se feliz. Agora estava pronta para ligar para Marc.

— Você pode falar?

— Sim, estou em um intervalo. É um prazer ouvir você!

— Igualmente... — começou, titubeando. — Tenho pensado muito em Elías esta semana, e a verdade é que adoraria ver sua casa, antes que a prefeitura a tome ou a derrube. Você pode me levar e me mostrar? Amanhã, sábado, não trabalho...

— Sim, sem problemas. — Sua voz expressava certa surpresa. — Ainda tenho as chaves e não acho que alguém vá se importar se eu lhe mostrar a casa. Vou buscá-la depois do almoço, se estiver tudo bem.

— Perfeito!

Finalmente, um encontro que não era improvisado, como todos os seus encontros anteriores, pensou Nagore. Teria tempo para se preparar.

De fato, naquela sexta-feira, sentiu-se o dia inteiro como se estivesse voando. As borboletas no estômago voltaram e zombaram de seus pensamentos imprudentes.

Seguindo o exemplo de Fígaro, que observava sua mudança do balcão, decidiu que daquela vez brilharia como desejava.

Seu cabelo tinha o corte perfeito e estava brilhante e negro como uma noite sem estrelas.

O vestido creme lhe deixava fenomenal: tinha um decote em V fantástico e mangas curtas que caíam suavemente dos ombros, a cintura apertada e uma saia que ia até alguns centímetros abaixo dos joelhos, com um acabamento de renda da mesma cor. Nagore adorava a forma como o tecido envolvia seu corpo.

Ela já estava pronta e maquiada quando o interfone de sua casa anunciou que Marc havia chegado com pontualidade britânica.

Depois de calçar seus mocassins suaves para completar o conjunto, ela colocou uma garrafa pequena de água em sua bolsa e vestiu uma jaqueta jeans para ir de moto.

Ao vê-la sair do prédio, Marc não pôde disfarçar sua surpresa.

— Nagore... Você parece outra pessoa!

— Para o bem ou para o mal? — perguntou em tom de flerte enquanto agitava seu cabelo curto.

— Com você é sempre para o bem — disse ele enquanto lhe passava o capacete.

Depois de vinte minutos agradáveis de ruas desertas, túneis e curvas, eles chegaram à casa em Vallvidrera onde o velho professor havia morado. A cidade ficava para trás, fora de sua vista, e Nagore teve a sensação de estar no meio da floresta.

O portão de ferro forjado dava acesso a um pequeno jardim cheio de ervas daninhas. Durante as semanas em que seu inquilino esteve ausente, a natureza havia retomado o terreno.

Vinhas selvagens cobriam as paredes de uma modesta casa branca desbotada. O tempo parecia ter parado naquele lugar.

Marc abriu a porta dupla de madeira com sua chave e um odor de mofo atingiu o nariz de Nagore.

— A última vez que alguém entrou aqui foi quando eu levei Sort.

Depois de abrir as janelas, eles percorreram os quartos. Tudo estava coberto por uma poeira bem fina. À medida que se moviam e o sol atravessava as persianas, a poeira suspensa no ar parecia ouro.

A sala, com dois sofás grandes e confortáveis, estava cheia de estantes repletas de livros em duas fileiras. Todo o ambiente parecia uma biblioteca. Em um quarto menor havia um pequeno estúdio com uma antiga escrivaninha de madeira e mais livros e papéis por toda parte.

— Elías me disse que guardava sua coleção de cartas neste quarto, nessas caixas grandes embaixo das prateleiras. Também estão as cartas que ele escrevia para seus alunos, porque usava papel carbono sob a folha. Ele era um homem à moda antiga — comentou, emocionado.

— Devíamos voltar com um carro e levar essas caixas — disse Nagore com um tom decidido. — Não podemos permitir que essa correspondência se perca...

— E o que faremos com elas?

— Por enquanto, vamos conservá-las — falou mordendo o lábio, como sempre fazia quando tinha uma ideia. — Depois eu poderia transcrevê-las, combinando cada carta com sua resposta. Talvez um dia pudéssemos fazer uma pequena edição. Meio século de correspondência entre um professor e seus alunos... Não é bonito?

— Parece uma ideia fabulosa — disse ele enquanto a convidava a subir as escadas de madeira.

Nagore sentiu uma pontada de tristeza ao ver a caixa de areia vazia no banheiro.

— Isto deve ser de Sort, certo?

— Sim. Há outras coisas dele que talvez você possa usar mais tarde: tigelas de comida, bolas, sua almofada preferida...

Nagore não respondeu, mas tinha captado muito bem a mensagem, e seguiu Marc em silêncio.

No andar de cima, Marc mostrou a ela o quarto de Elías, um banheiro com uma antiga banheira e um quarto de hóspedes que dava para um pequeno terraço, incrivelmente pacífico e silencioso.

— Apesar de precisar de alguns reparos, é uma casa maravilhosa. Marc... o que vai acontecer com ela?

Marc ocupou uma das cadeiras viradas para a floresta e convidou Nagore a fazer o mesmo.

— Era justamente sobre isso que eu queria falar com você.

Diante do olhar curioso de Nagore, ele segurou suas mãos e, depois de contemplá-las por um momento, olhou nos olhos dela. Nagore prendeu a respiração.

— Elías era um velho teimoso. Embora tenha ido com ele ao cartório para testemunhar em favor de uma instituição pública, depois ele voltou sem mim para mudar o testamento. Muitos idosos fazem isso no final de suas vidas.

— E...?

— Ele deixou a casa para mim, Nagore... Descobri alguns dias após sua morte. Não será necessário levar essas cartas a lugar nenhum.

Retirando suavemente suas mãos, Marc contemplava o espanto de Nagore com um sorriso alegre e infantil. Ele adorava vê-la tão animada e sua silhueta cheia de energia lhe provocava um sentimento de grande ternura. Ambos se levantaram.

— O que você vai fazer com a casa? Quando você for para Genebra... pensa em alugá-la? — perguntou Nagore apoiada na grade.

— Nagore... — Ele pronunciou seu nome com tanta seriedade que ela se aproximou um pouco mais para tentar adivinhar em seus olhos o que iria dizer. — Recusei a oferta de trabalho.

— Mas por quê? É muito melhor do que seu trabalho atual, não é? Não era isso que você queria? — perguntou, desviando bruscamente o olhar do de Marc.

— Recusei porque tudo o que eu quero na vida já está aqui... — acrescentou Marc quando ela o olhou novamente nos olhos.

E, aproveitando a surpresa de Nagore, Marc lhe deu um suave beijo nos lábios.

CAPÍTULO VINTE E SETE

Nova vida para uma velha casa

QUATRO MESES DEPOIS, a casa do professor tinha vida de novo. Três vidas para sermos mais precisos. Após uma pequena intervenção de Sebas, que respeitou ao máximo a estrutura original, Marc, Nagore e Sort instalaram-se naquele pequeno oásis na floresta. Após assinar os papéis de adoção, ela pediu um dia de folga para o ritual de levar o gato para sua nova casa, embora nesse caso ele voltasse para sua antiga casa.

Uma adoção singular, sem dúvida, como tudo o que tinha a ver com o cavalheiro negro.

O casal se sentou no chão e Nagore abriu a grade da caixa de transporte. Por alguns segundos, nada aconteceu. Em seguida, um inquieto narizinho preto, bigodes longos e bochechas não menos pretas investigaram a abertura.

— Bem-vindo à casa, Sort... — saudou ela, emocionada. — Bem-vindo de volta.

O gato deslizou lentamente para fora da caixa, movendo nariz, orelhas, patas e cauda. Ele explorava aquele território conhecido com pupilas que se tornaram enormes dentro de seus olhos amarelos.

Marc foi para a cozinha preparar o almoço.

Sort se movia pelo local com cautela e Nagore sondava suas próprias sensações agora que aquele bichinho estava realmente vivendo em sua casa. Enquanto observava os primeiros passos do gato pela casa, ela se maravilhava com a forma como tudo havia mudado em sua vida tão rapidamente.

Depois de guardar a caixa de transporte, ela foi para a cozinha se juntar a Marc.

— Obrigada — disse ela, abraçando-o por trás enquanto ele cortava legumes em uma tábua. — Meio ano atrás, eu não havia pensado que seria tão feliz aos quarenta.

Marc virou-se para Nagore para devolver o abraço.

— Feliz aniversário, amor. Pronta para receber uma parte dos seus presentes? Os legumes podem esperar.

Dois minutos depois, Nagore abriu uma caixa na mesinha da sala, com Sort observando a cena do sofá sem perder nenhum detalhe. Ela continha uma bela coleção de pincéis, tintas de todas as cores e papéis de qualidade para aquarela, bem como lápis de vários tipos, tinta nanquim e carvão.

Sentou-se à mesa para examinar meticulosamente todos aqueles tesouros e, antes de agradecer a Marc com um beijo, soube exatamente como iria usar aquele presente. Chegara a hora de terminar o que havia começado meses atrás.

Já era noite quando Nagore ergueu a cabeça de seu trabalho. Ela esticou os braços e as costas, estava há horas sem se mexer.

Sort, que havia montado guarda ao seu lado a tarde toda, também bocejou e, depois de flexionar os músculos, virou-se.

— Venha, Marc, veja isso! O que você acha?

Marc deixou o livro que estava lendo no sofá e se aproximou de Nagore com curiosidade.

No meio da mesa havia uma folha de aquarela grande. Ele se inclinou sobre a folha para vê-la mais de perto e seus olhos se fixaram nas ilustrações dos sete gatos originais do Neko Café, após a adoção de Blue.

Dos mestres primordiais, restavam apenas dois na cafeteria, mas Yumi tinha certeza de que eles encontrariam um lar no início do novo ano.

— Este é o presente de Natal de Yumi — disse Nagore, orgulhosa.

— Você acha que ela vai gostar?

— Sem dúvida! Vendo isso, agora entendo como um gato pode mudar sua vida... — respondeu, impressionado. — Ainda mais se forem sete.

— Quer saber? Com sua sabedoria e sua espontaneidade, acho que esses gatos me ajudaram a derrubar as barreiras que me prendiam.

Leis felinas para a vida

Primeira lei
Seja autêntico de coração
(não importa o que os outros pensem).

CAPPUCCINO

Segunda lei
Aceite tudo com serenidade.

SORT

Terceira lei
Tire uma folga
(uma boa soneca pode diminuir os problemas).

CHAN

Quarta lei
Preste atenção e encontrará
oportunidades em todos os lugares.

SMOKEY

Quinta lei

Cuide da sua aparência, nunca se sabe quem está olhando para você (antes de mais nada, agrade a si mesmo).

FÍGARO

Sexta lei

Seja flexível, mas não se esqueça de quem você é.

LICOR

Sétima lei

Nunca deixe de nutrir sua curiosidade.

SHERKHAN

Lição final dos gatos

Você não precisa de sete ou nove vidas.
Pode ser feliz nesta!

Agradecimentos

Neko Café não existiria sem a inspiração do Espai de Gats, o cat café de Barcelona, ou sem Billy (também conhecido como Cappuccino) e Sort (também conhecido como Sort), nossos dois gatos com espíritos tão autênticos e diferentes como fogo e água. Obrigada pelos beijos felinos das musas.

Obrigada, Francesc, por me guiar durante a escrita do meu primeiro romance: sem os seus olhos experientes, *Neko Café* não teria nascido como é hoje.

Agradeço à Agencia Sandra Bruna, especialmente a Sandra e Berta, por acreditarem nesta história, apesar de Sandra preferir cães. Sem vocês, *Neko Café* teria permanecido na escuridão da minha gaveta.

E obrigada a você, querida leitora ou querido leitor, por cuidar dos gatos ou dos cães, de pássaros, ratos, vacas, cavalos... Obrigada por visitar os cat cafés ao redor do mundo, por adotar e ajudar os animais, por evitar causar dor a outro ser vivo. Toda vida é sagrada. Obrigada por ler esta história.

SUA OPINIÃO É MUITO IMPORTANTE
Mande um e-mail para **opiniao@vreditoras.com.br**
com o título deste livro no campo "Assunto".

1ª edição, jul. 2024

FONTES Bely Display 14/21pt;
            Novel Pro 9,5pt;
            Novel Pro Bold 9,5pt;
PAPEL Pólen Bold 70g/m²
IMPRESSÃO Gráfica Santa Marta
LOTE GSM040724